品读家乡·到哪儿都是一家人

《品读家乡》编写组 编著

新华出版社 | 半月谈

图书在版编目（CIP）数据

品读家乡 . 到哪儿都是一家人 / 《品读家乡》编写组编 .-- 北京：新华出版社，2024.7. --

ISBN 978-7-5166-7455-0

Ⅰ . I267

中国国家版本馆 CIP 数据核字 20247PB097 号

品读家乡：到哪儿都是一家人

编 著：	《品读家乡》编写组		
出 版 人：	匡乐成	出版统筹：	沈 建　王永霞　赵怀志
责任编辑：	林郁郁	封面设计：	陈 淼

出版发行：新华出版社

地　　址：	北京石景山区京原路 8 号	邮　编：	100040
网　　址：	http://www.xinhuapub.com		
经　　销：	新华书店、新华出版社天猫旗舰店、京东旗舰店及各大网店		
购书热线：	010-63077122	中国新闻书店购书热线：	010-63072012
照　　排：	载道传媒		
印　　刷：	中闻集团福州印务有限公司		
成品尺寸：	120mm × 185mm　1/32		
印　　张：	5.5	字　数：	50 千字
版　　次：	2024 年 7 月第一版	印　次：	2024 年 7 月第一次印刷
书　　号：	ISBN 978-7-5166-7455-0		
定　　价：	26.00 元		

目录

从百草园到三味书屋

鲁 迅

　　我家的后面有一个很大的园，相传叫作百草园。现在是早已并屋子一起卖给朱文公的子孙了，连那最末次的相见也已经隔了七八年，其中似乎确凿只有一些野草；但那时却是我的乐园。不必说碧绿的菜畦，光滑的石井栏，高大的皂荚树，紫红的桑椹；也不必说鸣蝉在树叶里长吟，肥胖的黄蜂伏在菜花上，轻捷的叫天子（云雀）忽然从草间直窜向云霄里去了。单是周围的短短的泥墙根一带，就有无限趣味。油蛉在这里低唱，蟋蟀们在这里弹琴。翻开断砖来，有时会遇见蜈蚣；还有斑蝥，倘若用手

1

指按住它的脊梁，便会啪的一声，从后窍喷出一阵烟雾。何首乌藤和木莲藤缠绕着，木莲有莲房一般的果实，何首乌有臃肿的根。有人说，何首乌根是有像人形的，吃了便可以成仙，我于是常常拔它起来，牵连不断地拔起来，也曾因此弄坏了泥墙，却从来没有见过有一块根像人样。如果不怕刺，还可以摘到覆盆子，像小珊瑚珠攒成的小球，又酸又甜，色味都比桑椹要好得远。长的草里是不去的，因为相传这园里有一条很大的赤练蛇。

长妈妈曾经讲给我一个故事听：先前，有一个读书人住在古庙里用功，晚间，在院子里纳凉的时候，突然听到有人在叫他。答应着，四面看时，却见一个美女的脸露在墙头上，向他一笑，隐去了。他很高兴；但竟给那走来夜谈的老和尚识破了机关。说他脸上有些妖气，一定遇见"美女蛇"了；这是人首蛇身的怪物，能唤人名，倘一答应，夜间便要来吃这人的肉的。他自然吓得要死，而那老和尚却道无妨，给他一个小盒子，说只要放在枕边，便可高枕而卧。他虽然照样办，却总是睡不着，——当然睡不着的。到半夜，果然来了，沙沙沙！门外像是风雨声。他正抖作一团时，却听得豁的一声，一道金光从枕边飞出，外面便什么声音也没有了，那金光也就飞回来，敛在盒子里。后来呢？后来，老和尚说，这是飞蜈蚣，它能吸蛇的脑髓，美女蛇就被它治死了。

结尾的教训是：所以倘有陌生的声音叫你的名字，你万不可答应他。

这故事很使我觉得做人之险，夏夜乘凉，往往有些担心，不敢去看墙上，而且极想得到一盒老和尚那样的飞蜈蚣。走到百草园的草丛旁边时，也常常这样想。但直到现在，总还是没有得到，但也没有遇见过赤练蛇和美女蛇。叫我名字的陌生声音自然是常有的，然而都不是美女蛇。

冬天的百草园比较的无味；雪一下，可就两样了。拍雪人（将自己的全形印在雪上）和塑雪罗汉需要人们鉴赏，这是荒园，人迹罕至，所以不相宜，只好来捕鸟。薄薄的雪，是不行的；总须积雪盖了地面一两天，鸟雀们久已无处觅食的时候才好。扫开一块雪，露出地面，用一枝短棒支起一面大的竹筛来，下面撒些秕谷，棒上系一条长绳，人远远地牵着，看鸟雀下来啄食，走到竹筛底下的时候，将绳子一拉，便罩住了。但所得的是麻雀居多，也有白颊的"张飞鸟"，性子很躁，养不过夜的。

这是闰土的父亲所传授的方法，我却不大能用。明明见它们进去了，拉了绳，跑去一看，却什么都没有，费了半天力，捉住的不过三四只。闰土的父亲是小半天便能捕获几十只，装在叉袋里叫着撞着的。我曾经问他得失的缘由，他只静静地笑道：你太性急，来不及等它走到中间去。

　　我不知道为什么家里的人要将我送进书塾里去了，而且还是全城中称为最严厉的书塾。也许是因为拔何首乌毁了泥墙罢，也许是因为将砖头抛到间壁的梁家去了吧，也许是因为站在石井栏上跳了下来吧，……都无从知道。总而言之：我将不能常到百草园了。Ade，我的蟋蟀们！Ade，我的覆盆子们和木莲们！……

　　出门向东，不上半里，走过一道石桥，便是我的先生的家了。从一扇黑油的竹门进去，第三间是书房。中间挂着一块扁道：三味书屋；扁下面是一幅画，画着一只很肥大的梅花鹿伏在古树下。没有孔子牌位，我们便对着那扁和鹿行礼。第一次算是拜孔子，第二次算是拜先生。

　　第二次行礼时，先生便和蔼地在一旁答礼。他是一个高而瘦的老人，须发都花白了，还戴着大眼镜。我对他很恭敬，因为我早听到，他是本城中极方正、质朴、博学的人。

不知从哪里听来的，东方朔也很渊博，他认识一种虫，名曰"怪哉"，冤气所化，用酒一浇，就消释了。我很想详细地知道这故事，但阿长是不知道的，因为她毕竟不渊博。现在得到机会了，可以问先生。"先生，'怪哉'这虫，是怎么一回事？……"我上了生书，将要退下来的时候，赶忙问。"不知道！"他似乎很不高兴，脸上还有怒色了。

我才知道做学生是不应该问这些事的，只要读书，因为他是渊博的宿儒，绝不至于不知道，所谓不知道者，乃是不愿意说。年纪比我大的人，往往如此，我遇见过好几回了。

我就只读书，正午习字，晚上对课。先生最初这几天对我很严厉，后来却好起来了，不过给我读的书渐渐加多，对课也渐渐地加上字去，从三言到五言，终于到七言。

三味书屋后面也有一个园，虽然小，但在那里也可以爬上花坛去折蜡梅花，在地上或桂花树上寻蝉蜕。最好的工作是捉了苍蝇喂蚂蚁，静悄悄的没有声音。然而同窗们到园里的太多，太久，可就不行了，先生在书房里便大叫起来："人都到哪里去了？！"人们便一个一个陆续走回去；一同回去，也不行的。他有一条戒尺，但是不常用，也有罚跪的规则，但也不常用，普通总不过瞪几眼，大声道："读书！"于是大家放开喉咙读一阵书，真是人声鼎沸。有念"仁远乎哉我欲仁斯仁至矣"的，有念"笑人齿缺曰狗窦大开"的，有念"上九潜龙勿用"的，有念"厥土下上上错厥贡苞茅橘柚"的……。先生自己也念书。后来，我们的声音便低下去，静下去了，只有他还大声朗读着："铁如意，指挥倜傥，一座皆惊呢；金叵罗，颠倒淋漓噫，千杯未醉嗬……"我疑心这是极好的文章，因为读到这里，他总是微笑起来，而且将头仰起，摇着，向后面拗过去，拗过去。

先生读书入神的时候，于我们是很相宜的。

有几个便用纸糊的盔甲套在指甲上做戏。我是画画儿，用一种叫作"荆川纸"的，蒙在小说的绣像上一个个描下来，像习字时候的影写一样。读的书多起来，画的画也多起来；书没有读成，画的成绩却不少了，最成片段的是《荡寇志》和《西游记》的绣像，都有一大本。后来，因为要钱用，卖给一个有钱的同窗了。他的父亲是开锡箔店的；听说现在自己已经做了店主，而且快要升到绅士的地位了。这东西早已没有了罢。

一条大河消失了，一棵树却还在

梁　衡

去过河南济源济渎庙已有十多年，别的都已经淡忘，只有那棵柏树却时时会浮现在眼前。那是我们民族的一张沧桑的脸。

济源，即济水之源。这里曾经发源了一条大河，一条与长江、黄河齐名的济水。它们都是中华民族的母亲河，各自成水系，源于群山，越过平原，奔流入海。但是，北方的黄河太强势了，它进入黄淮大平原后不断决口，有记载的大改道就有9次，较大的26次，小的泛滥不计其数。这条黄龙在南北两千公里范围内来回翻滚、冲决。济水最终在金代被黄河夺去了入海河道，从地图上永远地消失了。至今还留下一批沿河的地名：济源、济南、济宁等。

令我奇怪的是，济水虽然已经消失了一千多年，但在它的源头还完好地保存了一座济渎庙，庙起汉代，香火代代不绝。渎者，直流入海的河。但是现在还奔腾不息，直入大海的长江、黄河却没有这个待遇。朱元璋当皇帝后，专门有一道圣旨规范天下享受皇家祭祀的名单，济水之神赫然其中。济水流域曾造就灿烂的中原文化，其河虽没，其功实不敢忘。

济渎庙里的屋宇、墙壁、道路已不知翻修过了多少次，唯独没有动的就是庙里的这一棵柏树。它从汉代走来，早已成了一座岁月的雕塑。我见到它的第一面就联想到那张著名的油画《父亲》。父亲端着一只粗瓷碗，手上青筋暴突，脸上堆满皱纹。几十年的岁月刻在一个老人的脸上，而两千年的岁月却刻在一棵古树上。在所有的树种中柏树是寿命最长、木质最硬、最耐得风雨、经得旱涝的树木。于是天地就拿它来做一根写人记事的木棒，好比太史公写《史记》的竹简，或者上古时结绳记事的麻绳。柏树立于庙中，静观天地之变，凡大事内印于年轮，外现于树干。换一朝，肌肤鼓出一道棱；经一劫，树纹盘出乱麻一团。雷声霹雳，山河改道，树身一个激灵，成痛苦扭曲之状；天下太平，风和日丽，得以喘息数年，树纹又渐渐顺畅。如此，天灾人祸，天道轮回，昨日电劈一刀，今日雨抽一鞭，后日又春风洗面。一日一日，树干伤痕压着伤痕；一年一年，树纹麻团绞着麻团。树已不树，皮已无皮，如一块顽石，一块女娲补天的落地之石，刻着我们民族的一张饱经风霜的脸。

岁月演变，一条大河消失了，而这棵柏树却还在。当我们怀念已经永远逝去的济水时，可以来济水的源头摸一摸这棵柏树，仿佛还能听到从历史的隧道里传来的流水声。济渎临终时将它的后事一起托给这棵老柏树。树比河流更久长，因为它是一个活着的生命，在不停地采日月之精华，吐故纳新，暗记流年。年复一年，渐雕塑成这一座两千岁的老身苍颜。庙里年年神鸦社鼓，人们把香火献给这棵附载着济渎之魂的老柏树。

是谁在遥望乡土时还会满含热泪

迟子建

　　我童年生活的地方属于林中小镇，算不得真正的乡村，但每户人家都开垦了自留地。房前屋后的地，我们称为菜园，分前、后菜园。前菜园往往有个弥勒佛似的大肚酱缸，后菜园则栽种两三棵亭亭玉立的臭李子树和山丁子树，它们都是从山中移植来的。臭李子结黑果子，山丁子结红果子，是我们那时的水果。前后菜园除了种蔬菜瓜果，也种几行花——扫帚梅、姜丝辣之类，这些寻常的花儿都很艳丽，一直开到霜降时分。前菜园的角落，往往有猪圈、鸡舍和茅厕，可让庄稼疯长

13

的粪肥，都出自这里。夏天你蹲在茅厕，能听见虫鸣，看见炊烟以及炊烟之上的云。而你在菜园劳作，蝴蝶、蜜蜂和蜻蜓莫不带着各自的爱情故事，相互纠缠或追逐着从你指尖掠过。

家门以外的自留地我们称为大地了，通常每家有个两三亩，种的是可放入地窖的越冬蔬菜，土豆、白菜、萝卜等等。大地离家远，去那儿干活时，得扛上农具，带上干粮，所以秋收时节，还得动用手推车或者马车牛车，把蔬菜拉回来。此时天空中的大雁排成人字形南归，妇女们开始忙着渍酸菜，忙着弹棉花做冬衣了。雪花一扬起冬天的水袖，就会蹁跹起舞个半年，直到转年五月冰消雪融，新绿像大地的星星一闪一闪地出现，生机才会回来。北归的燕子依然认它们的老窝，衔着混合着树叶和草棍的湿泥，修补被寒风吹破的屋子，而有的巢穴再也没有鸟儿认领了，成了永远的空巢，鸟主也许死在了迁徙途中，也许在越冬之地遭遇到了我们想象不到的生命的寒流，从此成为泥土的一部分。

　　我们的前后菜园围起来的房屋，是清一色的板夹泥房子，长方形的一个模式，一栋房子住三四户人家。房屋的梁柱用原木，墙壁则用板材再糊上泥巴，泥巴兑上切得寸长的干草，所以这屋子既有树木和泥土的气息，也有干草的芳香。住在屋里的人，有恩爱的，有离异的；有快乐的，有忧愁的；有慈眉善目的，有面目狰狞的；有醉鬼，也有泼妇。人们经历着生老病死，合着大自然的节拍春种秋收着。那些有老人的人家，在菜园的干草垛或者门外的柴垛旁，会摆一口白茬棺材，等到老人故去，这棺材就刷上了红漆，载着故者去山上长眠了。大人们讲鬼怪故事时，少不了诈尸还魂之类，棺材往往是其中的元素，所以我童年经过有棺材的门口时，若是天黑或是乌云滚滚，总觉脊背发凉，头皮发麻。自少年时代起我们就懂得，这世界的阳光即便照耀的是纵横的垃圾和污水，也如金子一般珍贵。那时上学除了交学杂费，三月开学还得交粪肥，统一交给生产队，所以拾粪是我们必备的本领。寒冬时分，若是在街巷中看见牛马在前面走，忽然屙下屎来，那简直是中彩了，热气腾腾的牛粪在我眼里就是盛开的花朵，而圆鼓鼓的马粪蛋则像诱人的冻梨，赶紧回家拿铲子和粪筐，不然晚了就成了别人的斤两了。

我的父母虽然不是农民，但因为我们有着几片自留地，种地是从春到秋的日常生活，所以我从小就会干农活，翻地、播种、施肥、打垄、除草、间苗、打柿子叉、对倭瓜花、支豆角架，这些农活至今能做。家家的山墙都挂着镰刀、锄头、镐头、二齿子三齿子等农具。盛夏时节，我们常常拢起蚊烟，把饭桌支在前菜园的酱缸旁，吃着新鲜的蘸酱菜，谈天说地看晚霞。

　　而到了冬天，雪花从不发布预告，一场接一场地在大地上演它们的舞剧。有时这舞蹈狂放，是鹅毛大雪，一团一团的；有时这舞蹈矜持，是莹莹小雪，一缕一缕的。这时家家把炕桌支在热炕头上，桌中央那一盆热气腾腾的炖菜，不是土豆炖白菜，就是萝卜炖冻豆腐，再不就是酸菜炖粉条，多是秋收后下到地窖的冬储菜，吃得人通体舒泰，格外温存，将窗外的雪花都当春花来赏了。

　　我生活的领地温差很大，腊月夜晚多极寒，盛夏正午也会酷热，冷暖不定，恰如悲欣交集的人生。这片乡土，是我的文学萌芽之地，天然地带着它的体温。短篇《沉睡的大固其固》《北国一片苍茫》《逝川》《雾月牛栏》《清水洗尘》《白雪的墓园》《亲亲土豆》《腊月宰猪》《解冻》《塔里亚风雪夜》《一匹马两个人》《换牛记》《一坛猪油》，中篇《北极村童话》《日落碗窑》《原野上的羊群》《逆行精灵》《奇寒》

《布基兰小站的腊八夜》《原始风景》《秧歌》等等，从篇名大约可以听出我作品的乡土笛音。苍茫的林海，土地上的庄稼，陪伴我们的生灵——牛马猪羊、风霜雨雪、民俗风情、神话传说、历史掌故，就像能让生命体屹立的骨骼一样，让我的作品是血肉之躯，虽然它们有缺点，但那粗重的呼吸，喑哑的咳嗽，深沉的叹息，也都是作品免于贫血的要素。

一个作家命定的乡土可能只有一小块，但深耕好它，你会获得文学的广阔天地。无论你走到哪儿，这一小块乡土，就像你名字的徽章，不会被岁月抹去印痕。

不可否认的是，我们熟悉的乡土，在新世纪像面积逐年缩减的北极冰盖一样，悄然发生着改变。农业现代化和城市化进程，产生了农民工大军，一批又一批的人离开故土，到城市谋生，他们摆脱了泥土的泥泞，却也陷入另一种泥泞。乡土社会的人口结构和感情结构的经纬，不再是我们熟悉的认知。农具渐次退场，茂盛的庄稼地里找不到劳作的人，小城镇建设让炊烟成了凋零的花朵，与人和谐劳作的牛马也逐次退场了。供销社不复存在，电商让商品插上了翅膀，直抵家门。这一切的进步，让旧式田园牧歌的生活成为昨日长风。

前几年回乡我给祖父和父亲上坟，回到曾经生活了二十几年的小镇，家中的老房子半塌陷了，满院子是过膝的荒草。那前菜园的酱缸呢，后菜园的果树呢，山墙的农具呢，四季如春的地窖呢，家中的看门狗呢，跳到窗台叫晨的大公鸡呢，收秋和拉柴用的手推车呢，左邻右舍的人呢？我站在这个几乎被遗弃的万般荒寂的小镇中，怀疑自己都是一个鬼。故土仍在，但熟悉的人和事潮水般退去，只有晚霞还是那么的湿润忧伤，像一方方银粉的丝绸手帕，预备着为归乡者擦拭泪痕似的。我未敢踏入院子，外祖母在世时说过，屋子长久没人住了，会被野物惦记上，成了它们的安乐窝，人眼很难发现的。我生怕踏入院子荒草的一刻，毁了一个生灵的家。

重新打量乡土，你会看见震颤中的裂缝，当然也看见这裂缝中的生机。那片土地曾给了我文学的力量，让我在作品中能为一个中年亡故的人堆土豆坟，让一个愚痴的女孩能把火红的浆果串成项链来戴，让一匹老马至死不渝地忠诚于善良的主人，让风雪弥漫的腊八夜人人都有一碗热粥，让上岸后流着眼泪的鱼又能回到水里，让一坛猪油里埋藏着一个深沉的爱情故事。没有这片乡土，这样的故事不可能在我笔下生长。所以当我走上文学之路后，哪怕是进城了，这片乡土依然像影子一样跟着我，让我倾心拾取它的光辉。

当我站在荒草萋萋的老宅的那个时刻，感觉又触摸到了久违的乡土的心音。在我的前方，似乎有一带金色的泥泞，诱惑着我去跋涉，等待我分离出泥泞中的热土、丰收的种子、腐败的植物、露珠、污水和泉。

钟情并深耕于乡土（当然不仅仅是乡土）的成就斐然的中外作家，我们熟知的就有托尔斯泰、巴尔扎克、蒲宁、艾特玛托夫、契诃夫、福克纳、马尔克斯、汉姆生、川端康成、鲁迅、沈从文等等，他们以不同的艺术手法，缔造了一个有别于我们在历史教科书中看到的世界史、民族史、风情史甚至是自然史，一个有情有义、有爱有恨、有悲有喜、有苦有乐地让读者获得灵魂洗礼的世界。

而现代东北作家群中萧红的《呼兰河传》《生死场》，萧军的《八月的乡村》，端木蕻良的《科尔沁旗草原》，当代作家曲波的《林海雪原》和周立波的《暴风骤雨》，在不同的历史时期，成就了东北乡土的代表性作品，为我们提供了宝贵的文学财富。

作为一个文学后来人，到 2023 年，我写作刚好四十年了，当我们这代出生于五六十年代、以乡土之光照亮自己最初文学征程的作家，意识到熟悉的乡土已发生变化，我们在触摸它时因意识板结而下笔艰涩的时候，就要主动地切近它，找到它的律动，与之同频共振，才有可能培植出真正有生命力的文学之花。

我曾到过托尔斯泰的亚斯纳亚·波良纳庄园，拜谒托翁墓园。他的墓就在他耕种过的土地中，那么肥沃，万木葱茏，而他的墓没有墓碑，简朴得就像一方朴素的印章，与植物合为一体，似乎仍在轻轻亲吻着大地，沉沉发出疾呼，令人动容。

四年前我随《文学的故乡》节目摄制组回乡，那是三九天，记得拍摄我坐着马爬犁穿行在林海的画面时，户外零下 38 摄氏度，一匹白色的老马载着我呼啸着奔跑时，速度与寒风联手，打造出一把把看不见的小刀子，飕飕地从耳畔掠过，只觉脸被割似的生疼。画面拍了一遍导演不满意，于是再拍，我冻得手脚麻木，马更是被累得气喘吁吁。拍摄结束，马车夫心疼地抚摸着他的白马，说它揣着崽子，快要生了。他说这话让我非常羞愧，连说怎么能让这样一匹马奔跑？马车夫说不碍事，马比人皮实多了。

一匹马通常产一驹，也就是说，那天载着我的至少是两匹马，当我们欣赏所谓的壮美时，有看不见的生灵在呻吟。当该被怜惜的生命出现时，因藏在深处，俗眼已不察，这无疑应该引起我们的警醒。

我无法定义乡土文学，就像我无法定义自己的写作一样。我只知道，在乡土的遥望者中，能满含热泪的，必然有写作者。

到哪都是一家人

蒋光宇

　　2023 年春节期间，杭州萧山一位网名 wangshiwei 的先生一家 3 口去云南旅游，到了地方，却见人山人海，景区里准备就餐的游人们都排成了长龙。很多人只好啃着饼干就矿泉水当作午餐，这让他们始料不及。

　　大人对付一下还可以，小孩子总应该吃点饭菜吧？于是，这位先生带着一家人找到了景区附近的一户农家。这户农家也有 3 口人：大叔、大婶和一位老人。这位先生说明了来意："希望能在这里吃一顿午饭和一顿晚饭。不挑饭菜，能吃饱就行。"并坚持给这户农家留下了

600 元饭钱。

没多久饭菜就端上了桌，样样都是当地的农家特色，虽不够精致却也十分可口，不难看出都是细心加工的。他们生怕客人吃不饱，饭菜的量非常大。

吃完晚饭，这位先生一家表达谢意后就回了酒店。可当他打开自己的背包时，竟意外地发现了留给农家的那600元饭钱，里面还附了一张纸条，上面写着："咱们中国人到哪都是一家人，有空常来玩。"17个字，瞬间温暖和感动了这一家人。他们觉得，这是本次旅游中最意外也最有意义的收获了。

他的妻子说："买个相框，把这张纸条存下来留作纪念。情谊无价，它体现了咱中国人的友善和互帮互助的精神，值得传承下去。同时，也是给孩子的最好教育。"

2023 年 1 月 19 日，这位先生将纸条的故事发到了网上，引起众多网友的点赞和热议。网友们说："一个人，一件小事，却可以温暖整座城市！""这份淳朴和善良才是中国老百姓最真实的写照！"

初　心

黄小龙

　　乡愁也好，愁乡也罢。故乡是每一个人出生的地方，让游子不自觉流泪的念想地。我们追求理想成了离开它又可以说服自己的理由。个体每成长一步，便下意识远离它一步，记忆是旁证。

　　倦鸟归巢，游子以为可以缝补一生颠沛流离的伤。它已经面目全非，不是你离开时的模样。久违的乡音，没有变。回到故土，瞬间亲近，归属感牢牢抓住你。味觉是回忆的索引。当年的味道还在吗？那条老巷，那家面馆，门口的那块大青石，你已经找不到了。即使找到另一家，你也吃不出原来的味道，满肚的失落感。当初离开时，你带走满满一火车回忆，身后从此与自己无关。你走了，它有自己的主见，注入新的活力和畅想。生生息息，你追求的永恒从此消失了。君再回来时，青山依旧在，那个味道赋予了新元素，其实更好，但你仍然是失望的。乡村的石子路变成宽阔的水泥马路，学校拆了，村庄规划新农村，小山坡立起片片厂房，机器轰鸣，日夜不息。日月换新天，你小住几日，耳朵也不介意了。蓝天白云流淌的日子在大地沉寂后多起来。冶炼厂那根庞然大物不再吞云吐雾，它曾经的辉煌长满青苔，机器锈迹斑斑，我们把不毛之地变成灯红酒绿的繁华地，那里夜夜笙歌，这和外面的世界又有什么两样呢？原来家乡都是复制的赝品，远行者找不到当初的回忆。线索统统不见了，游子的惆怅油然而生，又逼成绝望。房地产野草一样，四处丛生，它有摧枯拉朽之力，家园土地不长庄稼，只长房子。

　　父母在，家就在。父母不在，空房子便更空洞。清明，七月半，冬至，大年初一，后代上坟祭祖，这是千百年沿袭下来的传统，这种仪式感深入骨髓。血缘族氏在，我们上一次见面是哪一年？彼此在百无聊赖的寒暄里，无所适从。

　　回家是一件喜悦的事情。风尘仆仆，几个小时就可以抵达。网络抵消了千山万水，不再是狭隘的家乡。我们贴着同一个原产地标签。世界上最美的路是回家的路，不管过得好不好，家里那盏灯会一直为我们点亮，它照耀我们的归途和我们想去的远方。

农家院里的瓮

刘江滨

自父母先后去世，已暌离故乡八九年了。尽管每年清明节，都回老家到父母坟前祭拜，但只是在麦苗青青的田野朝着村庄远远瞭上几眼，从没进过村。前些天，也许是有了点岁数的缘故，突然想到生我养我的村庄看看。于是，便趁着假期有了一次故乡行。

这个冀南平原的小村，变化之大可用"惊奇"二字来形容。临街所有的墙面都粉刷了白灰，整齐划一；原来坑坑洼洼、乱堆着柴禾秫秸的街道消失了，代之以平展展的水泥路面，干净整洁；大多房子都是近年新盖的，门楼贴着彩色的瓷砖，漂亮气派，还有数座二层小楼矗立村间，惹人眼目。记忆中的村庄难觅踪影，让人怀疑是否走错了地方。

那天不算太冷，虽然不足够晴朗，天上的太阳依然放射着暖意。我去看望堂哥，进了院门，堂哥正坐在屋檐下晒太阳，闭着眼睛听收音机里的京戏，身旁放着小凳，上面有一杯茶正袅袅冒着水汽。我环视一下宽敞的院落，东南角摆放的七八只大瓮，粗粗笨笨的，十分突兀，闯入眼帘。

一番寒暄之后，我指着那些大瓮好奇地问道："哥，那些大瓮是干啥用的？"堂哥说："你看看就知道了。"我遂走过去，转了一圈，发现每一只瓮都是空的！这些瓮有的是陶瓷的，有的是水泥的，大小不一，高矮错落，有一只还缺了一个口。我看过之后更疑惑了，说："咋这些瓮都是空的？没用你放着干啥？"堂哥今年七十多了，当过兵，喜欢看书，脑瓜特别好使，联产承包后曾是多年的产粮大户。他笑呵呵地说:"没用?咋没用?我这些大瓮就是历史的物证,我这个院子就是历史陈列馆。现在这些瓮可是稀罕物了,你去别人家看看,早没了。要不是我坚决阻拦,这些瓮也早让我儿子给砸了。你看那只瓮缺了一个口,就是儿子给砸的。"他也走过来,抚摸着大瓮的边边沿沿,柔柔的,像抚摸着他的婴儿。

作为农村长大的孩子,我理解堂哥对瓮的感情,也了解瓮的过去。

瓮在农村曾是一件不可或缺的家什,存水、腌菜、储粮是它的三大功用。先说存水。早些年村里没有自来水,用水就得去甜水井或机井上挑,扁担、水筲、水瓮是每家必配的设备。

记得我上大学放寒假,最怵头的就是回村里过年,因为挑水的任务非我莫属,须我"勇挑重担"。本来我家在县城住,父母图过年和乡亲们在一起热闹,非得回村子过不可,这可苦了我的肩膀。我家与村外的水井有一里之遥，家里那只大瓮若吃饱需要六七担水来"喂"，如此六七趟下来，我的肩膀硌出血印，肿起来，最后一趟差不多已经是风摆杨柳，双腿打战，几步一歇。这水瓮的水不止管吃饭洗涮用，还有消防的功用，如果失火，即可紧急从瓮里取水灭火，所以，旧时的深宅大院都放着许多水瓮。

次说腌菜。以前到了冬天，每家解决吃菜问题，除了挖菜窖储存大白菜，就得腌渍一大瓮咸菜，主要是大白菜和白萝卜。另外还腌一些胡萝卜、豆角等，因为量小，多用坛子腌，坛子也即小瓮。腌菜的瓮通常放到院子里，上面盖上木盖儿，再压上石头或砖块，浓郁的咸菜味飘散出来，酸酸的，涩涩的，鼻子有点抵触。等腌制好了之后，可随时从里边捞出来，切切就是一盘菜了。冬天的农村，哪家没有腌菜瓮呢？这些瓮，承载着人们漫长的期待，和大家一起熬着日月，沉浸着虽然觳咸苦涩却也弥足珍贵的人生滋味。

再说储粮。瓮就是家里的粮仓，瓮越大越多就标志着粮食越多。我记得小时候，生产队在麦场上按家按户以公分多少分粮，一堆一堆的，我们家虽然人多，但壮劳力少，每次都分得很少，弄回家倒进瓮里，只到瓮的腰部。一年到头粮食不够吃，只能依靠在外工作的父亲微薄的工资买，我们家是"籴"，别人家是"粜"，打小我就认识了这两个汉字的区别。

改革开放以来，实行责任田，家家原有的瓮显然不够用了。为了省钱，许多农家用水泥砌成瓮。家里有粮，心中不慌，除了上交的公粮，余下一瓮一瓮的粮食成了农民心里的定心丸，腰杆子硬了，笑容挂在脸上，连走路都更显笃定。后来连公粮都不用交了，打下的粮食全部收到自家的瓮里。像堂哥这样，那些瓮就是他勤劳致富的奖励证书，是他光荣岁月的见证，怎舍得毁掉？

瓮除了上述三大功用，还能当"储藏柜"，家里给老人孩子买的点心，买来的瓜果等，都可以存放到瓮里，既恒温保存，还能避免老鼠偷吃。老鼠的尖牙利齿能把木柜咬出洞，却拿陶瓷和水泥做的瓮一筹莫展。瓮还能当"保险柜"，农家主妇常常把钱用布包好塞到粮食里，至于是哪只瓮，埋有多深，这个秘密除了主人谁能知晓呢？

如今，瓮的这些功用成了昨天历史。家家都有自来水，龙头一开"哗哗"流淌，和城市一样，吃饭、洗衣、如厕全搞定，再也用不着水瓮了。现在可随时吃时令蔬菜甚至是反季蔬菜，不用大瓮腌菜了，即便喜欢腌菜，也是用瓶瓶罐罐腌一点，讲究精致和品位，只是作为爽口的小菜，谁还把咸菜作为主菜呢？

收麦收秋时节，粮商的联合收割机开到地里从收割到脱粒一气呵成，一手收粮，一手付钱，农民和城里人一样都吃上了"商品粮"，米呀面呀从农贸市场购买就成。如果说比城里人多了一层方便，就是可以把从田间收获的部分粮食放到面粉厂，用的时候只需扣除加工费就行啦。

瓮，这个傻大笨粗、分量沉重的物件，在今天已基本淡出了现实生活，慢慢从人们的视线里消失了。或许将来再从课本上读到"请君入瓮""瓮中捉鳖""瓮牖绳枢"等这些成语的时候，孩子们再也看不到实物了，只能从插图上想象它的模样。我在想，堂哥那些包括被儿子砸了一个口子的瓮，还能保存到几时呢？

老家旧事

阿 灿

　　我的老家在五显宫，流水五显宫。我是五显宫人。

　　五显宫是个小村，东西分别与土埕、流水两村相邻。流水湾拐角的东侧原是一派起伏绵延的沙丘，方圆数里。沙丘北面临海，隔海相望有红屿仔、小庠、东庠诸岛。沙丘南面背风处呈半弧形环抱，便是五显宫村民最先的聚居地。上溯百年前的民国初期，这里只有魏、蔡、张三姓族人，10户人家，大小丁口仅70人。老魏家来得最早，那时也不过第四代，是我曾祖父的辈分。

五显宫有了自己的村名，大概也是那个时候，再早也早不过清末。村因宫而名，这个宫是庙观"五显宫"，供奉五显大帝，始建年代在清光绪年间。原是一座小庙，我小时候见过，依偎在沙丘跟前，格局湫隘。后来半边埋入黄沙，更显阴暗神秘。早前的老房子多是依着小庙走向，在它的南面前后平行排开。我们家也是，坐在最前排，背东面西，视野空旷。门前开阔的埕地外接小学操场，右手是一排瓦屋顶校舍，左手是高低错开的两口水井，旁边有一条笔直西去的溪流。越过小学操场之外，是流水村的地界，阡陌平畴，一览无余。再远处是南北横亘的丘陵台地，红土裸露，更远处是其色苍苍的巍巍君山。那时，我还很小。

在我们父祖辈的经历里，沙丘下的这一圈儿就是五显宫的原生地。而后期村子的发展几乎是头也不回地往南拓去，我们家后头的那片老祖屋再也无人理会，残垣断壁，任其荒芜。

当流水至东美的公路从村中修过去，以公路为界又将村子分成了南北两爿，北是上厝——"街顶厝"，南是下厝——"下底厝"。"下底厝"边上是流水中学，一条南北村道从校舍操场间穿过。那时，每逢有邻家堂兄弟搬走，虽然还在村子里，南北只不过是隔了条马路而已，却总让我生出许多莫名的惆怅与不舍。在当初朦朦胧胧的直觉里，"街顶厝"的热闹正逐年逐年地被风刮走了。

吾生也晚，到我记事的上一世纪七八十年代，村后的沙丘上已经长满了木麻黄树。这一带我们习惯称"垱顶"，意为沙垱之顶。据说，以前沙垱能挡沙，而到了我这辈，沙垱已挡不了沙了。据父辈的说法，原因是木麻黄未栽上，沙丘还蒙着一层绿草皮。栽上木麻黄，草皮反而没了，风一来，便起沙。在父辈的童年里，炎炎夏日，夜晚全村老小都会聚在垱顶纳凉，南风习习，草露清凉。这种情景我是见不着了。

在我的印象里，一旦北风劲吹，沙儿飞舞。早上起床，席子被子都是一层细沙，头发鼻孔嘴角也沾满着沙子。

那个年代家家户户大灶烧柴火，垱顶的木麻黄林便是我们取草的首选地。放学周末假期，林子里四处是筢草的小孩，人手一只竹筐一把竹筢梳，筢的是木麻黄树落下的枯枝落叶。我混在其中，一来是学校布置的任务，每周得带一筐树叶子交到学校的食堂；二来是母亲管得严，正好乘机出门撒野。能筢多少草，似乎从未当一回事。有得筢就筢会儿，没得筢便与小伙伴们变着花样找乐子。或是捉迷藏，或是比爬树，或是翻跟头，或是打脚战，或是挖沙捉沙蜂，或是烤地瓜煨花生，或是猜拳赌输赢，赌的是自个儿筐里的柴草。刺激点的赌法是沙坡俯冲比跳远，印象中某年小学校舍改建成两层楼，没多久北侧的飞沙就堆卷出一层楼高，我和小伙伴们竞相从二层楼顶纵身跃下，人仰马翻，相谑哄笑。暑假，我们偷偷去海边游泳，一个个脱得精光，那打湿的短裤背心，就铺在晒得发烫的沙地上烘干。回到家里，那从沙地里滚打出来的模样，满头大汗，灰头土脸，往往惹得母亲生气，免不了一顿竹篾箕子的招呼。现在想来，我们都是在沙子中滚爬长大的孩子。

可能也是想刹住我的玩心，小学三年级，母亲便怂恿父亲把我从家门口的五垾小学拎到了流水中心小学。后面的那几年，我时常穿过垱顶的林子去上学，五六里路，不论刮风下雨，一天两趟来回。那时，家里养的一条大黑狗总是跟着我走过林子，走到在沙垱外两村交界的小溪口驻足，摇着尾巴，看着我走远了才转身跑去……有次台风天，我裹着条对折的老式大米布袋，穿过沙垱，便能望见远处汹涌咆哮的浪潮，像一堵堵高墙般前赴后继地推上沙滩，浪花高卷，惊心动魄。我记得自己伫立那儿眺望许久，大黑狗也在身边，时不时抖身摆臀，雨水四溅。

　　说起来，我们村的传统生计也无非是半渔半农，海上捕鱼，陆上耕田。只是，比起一些邻村，我们要辛苦很多。虽是海边，却隔着一大座沙丘，船靠流水澳，鱼货都是一担一担地挑回来的，在松软的沙地上小步快走三四里地。田园也远，还在"下底厝"南边的两三里地。小时候跟着母亲下田，她挑一担肥出去，中间都得歇上三两趟，我只能眼巴巴地看着汗水顺着她的鬓颊滑落，濡湿了她乌黑的长发。田园那一带的地方我们叫"漏尾山"，据说早前南来的海潮可以涌到这儿，共和国初期"农业学大寨"，全村集体开荒，挖山填土，硬生生垦出好几百亩的田地来。田头的土坡上，后来多被辟成先辈的坟地。那年代我的父母正值"后生龄"，他们的那段姻缘，据说也是在垦荒时代的劳作中播种发芽的。现在，这几百亩地已经征迁，不种庄稼了，种上了一排排高楼大厦。真是不可思议。

在这片田园的中段，原来还有一口不小的池塘，藻荇纵横，水鸟翔集，四周绿草萋萋，那儿常常遛着几头老黄牛，低头，甩尾，嚼草。每个夏季，村里的孩子总会聚到这儿游泳。可惜的是，这般光景后来中断了。那年村里的一条运输船在流水海域触礁，我同族叔伯辈的两位亲兄弟不幸溺亡，尸身拉到了池塘边清洗收殓。自此，再没人敢去那儿游泳了。在我的记忆里，那是个噩梦般的夏天，凄凉的哭喊声在村子里日夜回荡，人心惶惶，看不见一个人的笑容。这种至亲至痛的遭遇，我们家后来又经历了一次，2003年大年初三，我的两个舅舅在海中遇难。那是个寒风凄厉的正月，母亲撕心裂肺的哭声让人绝望……身为海边人，大海是我们的一种宿命。它的博大、深邃、美丽、无常，既安放着我们许许多多的希望与梦想，也吞没了我们无数悲伤的泪水。

在我们的家族史中，这样的惨痛并非一代两代。民国时期，我爷爷的两个亲兄长，也是老大、老二，也是同一条船、同一天双双蒙难。留下各自的孤儿寡母，改嫁的改嫁，招赘的招赘，辗转延伸出后世纷扰复杂的人情恩怨，一言难尽。其时爷爷尚小，投亲无着，四处飘零，最后被同族的堂叔收养入嗣。爷爷的堂叔兼养父，便是庇荫我们三代人的我的曾祖父。这个地地道道的老渔民，十几岁上船，六十几岁上岸，大半生从惊涛骇浪中走过来的硬汉，在他倔强的外表之下，同样深藏着一段不堪回首的失亲之痛。据说，当时他才十来岁，尚未成家。一日出海，突然腹痛如绞，高祖母发话让他的二哥顶替，而这次出海，他的二哥再也没有回来。他后来将自己练成一位名声在外的老船长，一生胆大心细，慷慨仗义。我想，这跟他年轻时的此次生死劫难大有干系。

我出生之时，曾祖父年近古稀，已经上岸

多年。印象中他的朋友真多，时不时就有客人来我们家小住，少则几天，多则几个月。有一回，还有一个老和尚，长衫银髯。应该是个夏天，月夜，在家门口的那棵老桑树下面，我光着膀子趴在长凳上，他的手指顺着我的脊梁骨往下滑按，一阵发烫。因何这样？我毫无记忆。可是后背的那一溜儿烫，倒记得牢牢的，像烫下的一个印记。客人中，我们家最熟的是福清的乌俤老伯，年纪大我父亲不多，他是曾祖父的忘年交。曾祖父身上有种"封建家长"的严苛蛮横，平常他绝不允许家中老小睡懒觉，一家人吃饭，他没上桌，谁也不敢上桌，他没动筷，谁也不敢动筷。而对乌俤老伯，他却别样的宽容，爱什么时候起床就什么时候起床，饭菜还得给他热在锅里。提起他，我们都叫他"爱困的乌俤"。

曾祖父去世后，每一年的清明节，乌俤老伯都会提前来给曾祖父扫墓。以前没桥，从福清进岛再到我们村，舟车辗转得大半天，他多是独来独往。后来有两年没来了，我与父亲特地去海口星桥看他，才知道他家中变故。这些年来，我们仍时常走动。用他的话说，我们家四代人都是他的朋友。曾祖父的生前事，一些也是他陆陆续续跟我忆起的。他结识曾祖父是慕名而来的，雇请曾祖父为他开船运货，平潭往福清是杂鲑臭蚵，拉回去田里当肥料；福清往平潭是柴米砖瓦。经济类海鱼那时统购统销，私运私售非法，逮到了连船带货没收，还得罚款。这活儿乌俤老伯也偷偷干。"（舟代）翁真才子。你大公胆大、神定、技术好。算流水，看山头，何时发，何时到，分厘不差。请伊，没出过事。请别人，一次便栽了。"曾祖父的船技好我也听得多，村里上两辈的船长多是他带出来的徒弟，包括我外公。我外公年轻时跟过他，一年渔场转移到舟山，回程遇上暴风，"不是你大公天色看得准，云一变，果断下半帆，就近进澳落碇，那次也回不来了。""你大公脾气，凶神恶煞，可是技术好，船开得比人远，海讨得比人赢，谁人都爱跟伊。"

曾祖父的海上生涯，若换成我父亲来讲，频繁提及的事则是另外几桩事。一是 1977 年打捞"阿波丸"，曾祖父被挑选去协助搜寻沉船位置，据说在海面上有过人的判断与发现；再是新中国成立前夕，平潭地下党员徐兴祖在台湾基隆开商行，曾祖父一度受雇开船运货，三桅猫缆船，往返闽台两地。他从台湾带回来的番蕉（香蕉）当时是稀罕物，日后时常被爷爷奶奶当作神话般念叨着。还有一件事更早些，抗战期间的 1940 年夏天，平潭第四次沦陷，罗仲若县长只身脱险，是曾祖父驾船把他送到了福清大扁岛，那年他 35 岁。到了共和国初期的政治运动，后两件事被人扒了出来，转成曾祖父把国民党县长载去台湾的罪状进行批斗。当时，流水革委会主任是曾祖父的亲外甥，亏他暗中纾解，逃过一劫。这事乌俤大伯也跟我提起，"你大公这个人啊，被押到台上批斗，嘴里还叼着根烟。"据我姑姑的回忆，那天一早起来，他把自己的钱财一一塞进家里的墙缝里，穿得整整齐齐干干净净出门……

曾祖父过世三十多年了。原来老家的房子，主体也是他一手经营的，一座完完整整的两层四扇厝。除了我们自家四代人，这座房子前前后后还住过不少人，亲戚家孩子在流水中学上学的，多是寄在我们家。曾祖父生前有句口头禅，"毛掇给人食（意为东西给人吃），莫可惜。"——父亲说，他去当兵的那会儿，曾祖父交代的还是这一句话。还有我二叔的同学，我小时候为他们跑腿的事没少干，村口的那家小杂货店经常去。据父亲回忆，这座房子是 1955 年至 1966 年之间陆续盖起来的，早期设过村队部和村仓库，开过农民识字班，还办过集体大食堂。休渔季，渔民们常常聚在大厅堂上，请来同村的民国文人张先生说书。

在我的记忆深处，厅堂上还演过几回评话，挨挨挤挤的人群里三层外三层，堵得水泄不通。有次我就蹲在台子前，那拍在台面上的铜钹，震得人耳鼓生疼。在我上学之前，父亲在南厢房前头添了一间附厝，单层平顶，上面用石栏杆围成一个大阳台。大热天的晚上，阳台上露宿的人总是不少，有两位叔叔和他们的同学，有邻家的堂叔，当然还有我。我搬离老家好多年了，村里头来往最密的人，当数邻家的阿东叔，他只大我两岁，私底下我们常以兄弟相称。我俩几十年的交情，便是从阳台上一起露宿开始的。那棵枝繁叶茂的老桑树紧挨在阳台边上，夏夜里我给叔叔他们跑腿，都是从那儿爬上爬下的，熟门熟路。树上还有处密室，是我跟阿东叔一起用麻绳绑结而成的，容得下我俩躺卧其中，看小人书，或在那儿分享各自省吃俭用的零食与玩具。

那时候家门口栽有不少树，老桑树南边有棵高高的香樟，树梢挂着一堆喜鹊的窝儿。北边则是苦楝树，好几棵，长势旺盛。每天清晨，我们都是在一片鸟鸣声中醒来，喜鹊喳喳，麻雀啾啾，交响着各路候鸟的新声，此起彼伏，婉转可亲。阿东叔有个超人本领，他模仿的鹧鸪鸟叫声惟妙惟肖，几可乱真。这也成了我俩秘而不宣的一种暗号，一旦听见他的口哨，便是约我出门玩耍了。新盖附厝的那些门窗，一律粘有红底黑字的楹联，都是父亲请张先生写的。内容多是时语，什么"建设祖国""发展生产""遍地英雄下夕烟"等等。而我钟情的就一幅，"莺歌燕舞"，这四个字最应景。一到春天，燕子都会回来，在厅堂楼板下的横梁上衔泥垒窝，孵蛋生子。看着那些黑色的小精灵剪风低掠，穿堂入户，总让人满心喜欢。而这四个字，大概也是我最早熟识的一句成语吧。

　　论经历，我与张先生也算是半个同行，彼

此都在乡土文史的书写上虚度光阴。但论学问，我实在不能比，他是我们村百年来学问最好的一人。我案头最重要的一本参考书，民国版《平潭县志》，便是他生前断句注释的。这个自称"读书读成了罪人"的前辈，新中国成立前出任过县府农业科长。抗战后期，因病赋闲在家，靠着为渔民车缯补网维系生计。在我们村，以前家家户户的春联与书信代笔几乎全由他一人包办，还教人识字、写字、打算盘，留下难得的清誉。他是我曾祖父同辈人，家在下厝，小时候我见面不多，印象中是个很祥和很朴实的一位老人。后来每读到他的文字，总会想起那些絷在老家门窗上的楹联。而这些楹联，连同莺歌燕舞的旧时情景，如今皆为陈迹，烟消云散，再也无处寻觅。

2016 年 5 月 13 日，老家拆迁。那天，我站在现场围起的警戒线外，脑海一片空白。在舞动的机械长臂之下，偌大的一座石头厝竟脆弱如一张旧报纸，呼啦啦便撕碎了一地。现场尘土滚滚，人群静默，耳边只有石墙笨重的坍塌声，橡梁喑哑的折断声，还有机械操作中生硬沉闷的咔嚓声……事后，我对自己懊恼不已，懊恼的是我居然忘了拆下那些门窗楹联，也忘了将阳台上的那盆花带走。那是一盆几十年来不理不睬却不枯不萎的紫竹兰，叶色绀紫深郁，恍若旧梦。

想北平

老 舍

设若让我写一本小说，以北平作背景，我不至于害怕，因为我可以捡着我知道地写，而躲开我所不知道的。让我单摆浮搁的讲一套北平，我没办法。北平的地方那么大，事情那么多，我知道的真觉太少了，虽然我生在那里，一直到廿七岁才离开。以名胜说，我没有到过陶然亭，这多可笑！以此类推，我所知道的那点只是"我的北平"，而我的北平大概等于牛的一毛。

可是，我真爱北平。这个爱几乎是要说而说不出的。我爱我的母亲。怎样爱？我说不出。

在我想做一件事讨她老人家喜欢的时候，我独自微微地笑着；在我想到她的健康而不放心的时候，我欲落泪。言语是不够表现我的心情的，只有独自微笑或落泪才足以把内心揭露在外面一些来。我之爱北平也近乎这个。夸奖这个古城的某一点是容易的，可是那就把北平看得太小了。我所爱的北平不是枝枝节节的一些什么，而是整个儿与我的心灵相黏合的一段历史，一大块地方，多少风景名胜，从雨后什刹海的蜻蜓一直到我梦里的玉泉山的塔影，都积凑到一块儿，每一小的事件中有个我，我的每一思念中有个北平，这只有说不出而已。

真愿成为诗人，把一切好听好看的字都浸在自己的心血里，像杜鹃似的啼出北平的俊伟。啊！我不是诗人！我将永远道不出我的爱，一种像由音乐与图画所引起的爱。这不但是辜负了北平，也对不住我自己，因为我的最初的知识与印象都得自北平，它是在我的血里，我的性格与脾气里有许多地方是这古城所赐给的。我不能爱上海与天津，因为我心中有个北平。可是我说不出来！

伦敦，巴黎，罗马，君士坦丁堡，曾被称为欧洲的四大"历史的都城"。我知道一些伦敦的情形；巴黎与罗马只是到过而已；君士坦丁堡根本没有去过。就伦敦，巴黎，罗马来说，巴黎更近似北平——虽然"近似"两字要拉扯得很远——不过，假使让我"家住巴黎"，我一定会和没有家一样地感到寂苦。巴黎，据我看，还太热闹。自然，那里也有空旷静寂的地方，可是又未免太旷；不像北平那样既复杂而又有个边际，使我能摸着——那长着红酸枣的老城墙！面向着积水滩，背后是城墙，坐在石上看水中的小蝌蚪或苇叶上的嫩蜻蜓，我可以快乐地坐一天，心中完全安适，无所求也无可怕，像小儿安睡在摇篮里。是的，北平也有热闹的地方，但是它和太极拳相似，动中有静。巴黎有许多地方使人疲乏，所以咖啡与酒是必要的，以便刺激；在北平，有温和的香片茶就够了。

论说巴黎的布置已比伦敦、罗马匀调的多了，可是比上北平还差点事儿。北平在人为之中显出自然，几乎是什么地方既不挤得慌，又不太僻静：最小的胡同里的房子也有院子与树，最空旷的地方也离买卖街与住宅区不远。这种分配法可以算——在我的经验中——天下第一了。北平的好处不在处处设备得完全，而在它处处有空儿，可以使人自由地喘气；不在有好些美丽的建筑，而在建筑的四围都有空闲的地方，使它们成为美景。每一个城楼，每一个牌楼，都可以从老远就看见。况且在街上还可以看见北山与西山呢！

好学的，爱古物的，人们自然喜欢北平，因为这里书多古物多。我不好学，也没有钱买古物。对于物质上，我却喜欢北平的花多果子多。花草是种费钱的玩意儿，可是此地的"草花儿"很便宜，而且家家有院子，可以花不多的钱而种一院子花，即使算不了什么，可是到底可爱呀。墙上的牵牛，墙根的靠山茉莉，是多么省钱省事而也足以招来蝴蝶呀！至于青菜，白菜，扁豆，毛豆角，黄瓜，菠菜等等，大多数是直接由城外担来而送到家门口的。雨后，韭菜叶上还往往带着雨时溅起的泥点。青菜摊子上的红红绿绿几乎有诗似的美丽。果子有不少是由西山与北山来的，西山的沙果，海棠，北山的黑枣，柿子，进了城还带着一层白霜儿呀！哼，美国的橘子包着纸，遇到北平的带霜儿的玉李，还不愧杀！

是的，北平是个都城，而能有好多自己生产的花，菜，水果，这就使人更接近了自然。从它里面说，它没有像伦敦的那些成天冒烟的工厂；从外面说，它系连着园林，菜园，与农村。采菊东篱下，在这里，确是可以悠然见南山的；大概把"南"字变个"西"或"北"，也没有多少了不得的吧。像我这样一个贫寒的人，或者只有在北平能享受一点清福了。

好，不再说了吧；要落泪了，真想念北平呀！

记得回家的路

周国平

　　生活在今日的世界上，心灵的宁静不易得。这个世界既充满着机会，也充满着压力。机会诱惑人去尝试，压力逼迫人去奋斗，都使人静不下心来。我不主张年轻人拒绝任何机会，逃避一切压力，以闭关自守的姿态面对世界。年轻的心灵本不该静如止水，波澜不起。世界是属于年轻人的，趁着年轻到广阔的世界上去闯荡一番，原是人生必要的经历。所须防止的只是，把自己完全交给了机会和压力去支配，在世界上风风火火或浑浑噩噩，迷失了回家的路途。

每到一个陌生的城市，我的习惯是随便走走，好奇心驱使我去探寻这里的热闹的街巷和冷僻的角落。在这途中，难免暂时地迷路，但心中一定要有把握，自信能记起回住处的路线，否则便会感觉不踏实。我想，人生也是如此。你不妨在世界上闯荡，去建功创业，去探险猎奇，去觅情求爱，可是，你一定不要忘记了回家的路。这个家，就是你的自我，你自己的心灵世界。

　　寻求心灵的宁静，前提是要有一个心灵。在理论上，人人都有一个心灵，但事实上却不尽然。有一些人，他们永远被外界的力量左右着，永远生活在喧闹的外部世界里，未尝有真正的内心生活。对于这样的人，心灵的宁静就无从谈起。一个人唯有关注心灵，才会因为心灵被扰乱而不安，才会有寻求心灵的宁静之需要。所以，具有过内心生活的禀赋，或者养成这样的习惯，这是最重要的。有此禀赋或习惯的人都知道，其实内心生活与外部生活并非互相排斥的，同一个人完全可能在两方面都十分丰富。区别在于，注重内心生活的人善于把外部生活的收获变成心灵的财富，缺乏此种禀赋或习惯的人则往往会迷失在外部生活中，人整个儿是散的。自我是一个中心点，一个人有了坚实的自我，他在这个世界上便有了精神的坐标，无论走多远都能够找到回家的路。换一个比方，我们不妨说，一个有着坚实的自我的人便仿佛有了一个精神的密友，他无论走到哪里都带着这个密友，这个密友将忠实地分享他的一切遭遇，倾听他的一切心语。

如果一个人有自己的心灵追求，又在世界上闯荡了一番，有了相当的人生阅历，那么，他就会逐渐认识到自己在这个世界上的位置。世界无限广阔，诱惑永无止境，然而，属于每一个人的现实可能性终究是有限的。你不妨对一切可能性保持着开放的心态，因为那是人生魅力的源泉，但同时你也要早一些在世界之海上抛下自己的锚，找到最适合自己的领域。一个人不论伟大还是平凡，只要他顺应自己的天性，找到了自己真正喜欢做的事，并且一心把自己喜欢做的事做得尽善尽美，他在这世界上就有了牢不可破的家园。于是，他不但会有足够的勇气去承受外界的压力，而且会有足够的清醒来面对形形色色的机会的诱惑。我们当然没有理由怀疑，这样的一个人必能获得生活的充实和心灵的宁静。

老街时光

庞余亮

老街的上午时光走得很快，就如那挑担子卖蔬菜的瘦老汉，他似乎不像是卖菜的，反而像一个来老街参加挑担子比赛的。

喜欢买新鲜菜的主妇大声问他为什么走得这样快，他笑呵呵地说，哪里走得快？一点也不快嘛。

是的，一点也不快。再不快，每天5笼的酒酵馒头就卖光了。

瘦老汉每天卖完菜，必然要去买酒酵馒头。

每次5个，不多不少。

卖水果的胖子问他为什么买5个，而不买6

个或者 4 个。

　　我 2 个，她 3 个。瘦老汉又一笑，还没回答为什么他只吃 2 个，就和他的 5 个馒头闪出了老街。这馒头可真是米酒酵的，那酒香，那面香，就像两个调皮的孩子，在人群中钻来钻去……早市一过，老街就空了，只剩下那个卖葱和芫荽的老太太。葱是青青白白的女儿葱，几根分作一摊，一摊一块钱。芫荽是剪的芫荽枝叶，扎了起来，也是一把一块钱。

　　老太太说都是她家院子里种的，可谁也不知道这老太太家的院子里有多少女儿葱、多少芫荽，反正每天都可以看到老太太、女儿葱和芫荽。

　　清清爽爽的老太太，青白的女儿葱，绿的芫荽。

　　等老太太、女儿葱和芫荽都不见的时候，已到了中午。

　　谁也没有见过她的男人。

女鞋匠力气很大，锥子往那皮鞋底钻的时候，很轻易地就穿过去了。

午饭一过，女鞋匠不继续干活，而是倚在板壁上打瞌睡。

对面报亭边出现了一帮老头，他们每个人都有一只茶垢很重的茶杯，每个人都穿着一件白背心，裤兜里都是零币。

他们打牌，输赢不超过5块钱。

用他们的话说，这5块钱总会跑，今天在这个人的口袋里，明天就到那个人的口袋里了。

不远的树荫下是等待生意的人，他们是用沥青修漏的，也席地而坐，打牌。一张牌砸在另一张牌的腰上，老手表上的秒针微微一动。

那只有一只胳臂的女人出来卖玉米棒子时，已到了老街的黄昏。女人带了一杆秤，但她从来不称重，由顾客自己称，自己算。女人看着顾客挑玉米，称玉米，表情平静，仿佛玉米的买卖与她无关；有时候，她的目光又游离到老街深处。

　　快时光，慢时光，好时光，都在这条老街上。

乡愁的滋味

郑山明

喝酒故事

湘南人喜欢喝酒。喝酒不仅是一种相当普遍的生活习惯，而且演绎成富有地方特色的民间风俗，深深融入人们的思想和血液之中，与豪爽耿直的性格互为表里，相得益彰。"酒品如人品""男人不喝酒，枉到世上走""感情深，一口闷；感情浅，舔一舔"，这些家喻户晓并为大家认可的俚语，把喝酒与个人的品德、生命的价值和朋友交情紧密挂起钩来，赋予深厚的社会内涵，构成了不可抗拒的社会压力。很多人在酒席上锻炼成长，酒量渐渐提升，甚至成为酒林高手，名播江湖。有的天赋奇才，遗传深厚，招之即来，来之能战，战之能胜，纵横酒场，所向无敌。有的适应能力强，白酒、红酒、米酒、烧酒，无所不能，无所不强，被誉为"四盅全会"。也有人长期奋战在酒场，好酒成痴，餐桌无酒，精神萎靡不振，手脚发抖；一杯下肚，两眼放光，浑身安泰。不少年轻酒徒，用多年的豪饮赢得了江湖地位，却给身体造成暗伤，某次酒酣席散之后，平安无事回到家中，躺下去就再也没有起来。还有的当场醉翻，呕吐不止，被酒友送往医院治疗。酒席上屡败屡战的人，得到的不是大家的轻视，而是社会的敬重。因酒醉出现一些不文明的谈吐或行为，都会得到大家的谅解和包容。如果当地有立法权的话，估计会出台"酒后犯罪，从轻处罚"的法律条文。在这种风俗浸润下，喝酒也喝出了许多故事，这些故事既让人忍俊不禁，也能让人体味出许多生命内涵。

拿根线来

有一好酒之人去做客，东家简单炒几个菜、舀一壶家酒招待他。席间，几杯酒下肚后，他呼东家妇人拿一根线来。东家不解其意，以目视之，客人低头不语。线拿来后，即把喝酒的杯子用线捆起来，再斟上酒。到此，东家始明白客人用意：嫌酒杯太小，怕不小心连酒带杯吞进肚里，系根线，便于扯出来。东家莞尔一笑，着妇人换大杯，重新喝起。

猜枚

有一汉子喜欢喝酒，只因家境不好，平时难得一解酒馋。某日去一朋友家做客，朋友厚道，从邻家赊来一壶烧酒款待他。酒过两巡，汉子说这般喝酒没有意思，建议两人猜枚，输者喝酒，朋友笑而颔首。湘南地区猜枚，就是两人同时出拳，同时猜两人打开的手指数量，如果两人都猜中了不喝酒，都猜不中也不喝，如果只一方猜中了，猜中的一方算赢家，没猜中的一方算输家，输家就得喝一杯酒。双方商定规矩细节之后，便出手相战。在对战中，汉子频频露出破绽，屡败屡战，一输枚子就主动认罚，端起酒杯一饮而尽，没过多久，一壶酒差不多全罚进他的嘴里。朋友平时与人猜枚都是输多赢少，这次却若有神助，出拳必赢，心里很是得意。就在一壶酒将尽的时候，朋友突然大梦初醒，他发现自己上了汉子的当：汉子看到酒水有限，故意将枚子输给他。朋友也是爱酒之人，立即中止猜枚，将壶中残余之酒倒入口中。即便如此也损失惨重，心中后悔不迭。

喝茶

喝茶，是湘南农村一种最普通、最富人情味的休闲活动。在大集体时期，家庭妇女一般不参加集体生产劳动，她们的事务就是在家里生火、煮饭、炒菜、喂猪、洗衣服、带小孩。从早上起床到吃早饭这段时间，是她们最忙碌的时候，等全家人吃过早餐，主妇们洗过碗筷，喂饱家里的畜禽，把家务收拾停当，便有了一段轻松时光。由妇女们操持的喝茶活动随即展开。

喝茶并不需要特意安排。开始往往是家里有人来串门，主妇把刚吃完早饭的桌子清理干净后，摆上两只碗，从炉边提出茶壶，把碗注满，边喝茶，边谈事。如果早饭吃完了还没有人来串门，妇人就会走到门口扯开嗓门："喝茶啰！"不用应答，过不了几分钟，隔壁的婆娘就提着茶壶过来了，摆碗、筛茶、上点心，三四个妇人很快便沉浸在喝茶的快乐之中。喝着喝着，有熟人从门口路过，主妇吆喝一声："进来喝茶啊。"那人反正闲着没事，就悠悠走进来坐下，端起筛得满满的茶碗喝起来。

喝茶的人一多，家里也热闹起来了，四邻八舍循声而来，加入喝茶的队伍，喝茶的人一下子增加到七八个甚至十几个。人多了，主妇煎的茶不够喝了，便会有人站起来说："我今天早上刚熬了一壶茶，提过来给大家喝。"不一会儿，她提着自己的茶壶回来，给每个人的茶碗重新筛满。这样一次茶会，常常要喝掉十几壶茶。喝茶不再是解渴，而变成了一种聚会，一种消遣。

与传统文人雅士品茶不同，乡民们喝茶有着自己的豪放与率性。桌面上看不到茶杯，盛茶用的是吃饭的碗。泡茶也不是精巧雅致的宜兴茶壶，而是泥坯烧制的大茶罐，既便宜又实用，后来很多农家都改用竹壳热水瓶，把茶叶装进瓶里再冲入开水，闷上几分钟，味道与茶罐煮出来的茶不相上下。茶叶就更不讲究了，乡民们不知道什么红茶、绿茶、黑茶、花茶，更不晓得什么茶叶要用什么水，水温要多少度。他们通常泡的是一种土茶，野生的，乡民们叫作"花喋婆"，切得很粗，有叶子，也有很粗的茎，茎上长有粗刺，有点像现在商店里卖的"刺儿茶"。这种土茶，可以自己上山去采，也有人到村里来叫卖，价格很便宜。泡出来的茶呈淡红色。还有一种好点的饼茶，估计是用正宗的茶叶加工出来的，黑乎乎硬邦邦，放很长时间也不会坏，只有家境好的人才买得起这种饼茶，这种茶的汤色更浓，味道也更醇厚。无论饼茶还是土茶，通常都要在茶壶里煮一段时间才能出味。主妇们总是吃过早饭就把茶叶放进土茶罐里煎煮，以备来客之需。

喝茶是需要点心的。土茶回味不足，只喝茶不吃点心就会有些寡味。每次喝茶时，桌子的四周摆放茶碗，中间放满了点心。这些种类繁多的点心是各家各户凑的：有的是家中早餐吃的菜，这不是吃剩的菜，而是有心计的主妇在早餐前偷偷预留的，有的夫妻常常为此吵嘴；有的是自家腌的泡菜：酶豆腐、酶豆豉、酸豆角、酸芥菜等；有的是自家炒的黄豆、绿豆、花生等。还有就是家里平时节省下来的油炸豆腐、酢肉等。后来慢慢有了葵瓜子、南瓜子等。谁家生活水平高、谁家家境不好，都可以从点心上看出个八九不离十。一些家庭主妇舍不得把好东西给家人吃，而是千方百计带到茶桌上来，也是想替自家争点面子，其良苦用心常常不为男人所理解。

茶斟满了，点心备齐了。淡黄或橘红色的茶水，在白色的土瓷碗内荡漾，令人赏心悦目，望而生津。满满喝上一口，苦中带甜，涩里带凉，再佐以酸菜腐乳、脆豆花生，个中妙趣只可品味，难以言说。

械斗

外人在评价湘南农村的风俗时，常常会脱口而出的一个词是"民风强悍"，原因是这里自古就有宗族械斗之风，俗称"大打三六九，小打天天有"。新中国成立以后，特别是土地集体化以后，械斗之风有所收敛，但没有绝迹。人民公社解散，实行家庭联产承包责任制，械斗一度有反弹之势。很多在湘南农村基层任职的领导，最焦虑的就是两件事：宗族械斗和计划生育。直到改革开放后大量年轻力壮的农村劳力流入城市打工，械斗之风才渐渐淡出。

宗族械斗，可分为宗与宗之间的械斗和族与族之间的械斗。宗与宗之间的械斗，实际上就是不同姓氏之间的争斗，族与族之间的械斗，就是同宗同姓中不同家族之间的争斗。次数最多规模最大的，是宗与宗之间的械斗。家族之间的械斗，相对而言容易调停，即使调停不了，参与的人也不会太多。

在封建社会，引发械斗的原因很多。不同姓氏的两个人一次简单的口角，都有可能诱发大规模的械斗，特别是两个有宿怨的宗族之间，一头牛吃了对方的农作物，都会引起大规模的流血冲突事件。到20世纪中后叶，械斗大都缘于争山争水。争水，往往爆发于干旱时节水源紧张之际。湘南多旱，为了从共用的水库或河流中多引些水到本村的农田，或保证本村的人畜饮水，每个村都会派出强壮劳力在分水处守候。虽然村与村之间都订立了相关条约，甚至在分水坝的高矮上都固定了刻度，但总有些脾气火暴的年轻人会不守乡规民约，出言不逊，或强行拓宽流往本村的出水口。在事关本村本族利益和荣誉的问题上，对方的人决不会善罢甘休，必定会以牙还牙，寸步不让，结果很容易产生肢体冲突。这时候，如果一方吃了亏，受了伤，或者丢了性命，那么一场更大的械斗就在所难免了。到这个节骨眼上，任何公理都不起作用，追究谁是谁非、谁最先挑起的矛盾，已毫无意义。

争山，主要争山林权属。一直以来，村与村的边界线是比较模糊的，前辈留下的一些粗线条的界定契约，也大都在土改时丢失，因而埋下了山林权属纠纷的隐患。这类纠纷中，最有可能引爆械斗的是争坟山。古人过世后，为讲究风水，下葬的墓穴有时会选得比较远，甚至到了其他宗族的地盘。每到清明祭祖时，同宗同姓的人齐聚一堂，浩浩荡荡开到老祖宗的坟山，举行轰轰烈烈的祭祀活动。如果族人认为这座山风水好，能保证本宗族世代荣昌，想让这块地成为本族永久的风水宝地，就会放出风说，这块地、这座山，原本就属于这个宗族，有本族先辈的坟茔为证。这种霸王逻辑自然不能让这片山林的真正所有者信服，先是派人交涉，交涉不成，便大动干戈。

械斗是一种落后甚至野蛮的行为。作为宗法社会的残余，随着社会的进步，必将消失在历史舞台上。但它是特定时代的特定产物，是那个阶段农村生活的一个组成部分，也是很多过来人的深刻记忆。不了解械斗，就不了解湘南农村和农民的历史。

挑煤

挑煤是一项最耗体力的"农活"。

那些年，山上的草被割到田里做了肥料，树林砍去建了房子，煤成了农村生活最主要的燃料：煮饭、炒菜、熬猪潲、冬天取暖，都离不开煤。当时乡村没有通公路，只能人工去挑。

凡是成年人，不论男女，不问寒暑，都要从事这项重体力活。

挑煤的艰辛非亲身经历难以理解。选个好日子最为重要，下雨天是不会去挑煤的，不仅路滑消耗体力，而且雨水落在煤担上加重负担，冲失细煤：大热天也不好，出汗太多容易疲劳：太冷的天去挑煤最是难受，去的时候穿在身上保暖的衣服，回的时候都会成为累赘。最好是不冷不热的阴天，还吹着不大不小的风。当然很多时候，人算不如天算，去的时候还是凉风习习，回的时候却变成雨雪霏霏了。

到了去挑煤的这一天，鸡叫三遍后，家中的女主人便起床做饭。无论家景如何，这顿饭必须是有质有量的：煮一斤白米饭，煎一个土鸡蛋，有条件的再蒸几块腊肉。消化功能强的还要准备一个饭团带到路上吃。吃完饭之后，挑煤的人在女主人无声的目送中，拿起扁担，挑起箩筐，走进深深夜色里。在村口等齐人之后，一起往煤矿出发。

去的路上是轻松的：夏日有蛙鸣一路相随，秋夜有霜月无声守望。刚出村时还会相互絮叨一些家常，走着走着大家都沉默了。在朦胧的静夜里，清脆的脚步声传得很远，偶尔可以听见林子里传来几声鸟叫。在不经意间，东方渐白渐红，远山近树现出了清晰的轮廓，晨雾和炊烟从山谷中飘升，乡村开始喧闹起来。

到达矿上一般都是七八点钟了。先是去排队购买煤票，然后去矿井装煤。这些煤矿虽为集体或国家所有，但采煤工艺还非常原始，那些采煤工人头上戴着柳条编的帽子，帽子前面系个电筒，拖着装满煤块的竹筐从地底下爬出来，除了两只眼睛黑白分明外，其他地方都是黑油油的。他们把筐里的煤倒在洞口的斜坡后，贪婪地看几眼蓝天又掉头钻入深深的地层深处。采煤工人的收入比一般的农民要高得多，所以很多村民很羡慕他们，但采煤的活儿除了辛苦之外，还有生命危险。那时经常听到某某地方的小煤窑垮塌的消息。

大部分时候，煤场都是人山人海。大家都聚拢在煤窑的坑口，等待争抢采煤工刚拖出来的新煤，这样的煤没被人选过，也没有被雨淋过，是最好的。但里面还夹杂着一些黑色的石头，必须仔细拣出去。等到把煤装满箩筐，已是满头大汗，清早吃的饭菜已经消耗了大半。

下一步就是挑起煤去排队过秤。人多的时候排队要花上两个小时。过秤是一件大家最为急心的事。每一个人都先把箩筐装得满满的，轮到自己过秤了，把煤票交上去，将箩筐往磅秤上一放，就两眼盯住过秤员手中的小铲子，每次小铲子从箩筐里铲出一锹煤，心中就紧一下，暗暗祈求小铲子停下来。好不容易过秤员喊一声"行了"，定睛一看，箩筐上隆起的煤堆已被铲平，甚至挖出了一个坑。即便如此，筐里的煤仍然会比所购的数量多出一二成。有时候，过秤

80

员喜欢搞点恶作剧，如果他看到挑煤的是一个小年轻，特别是一个十七八岁的女孩，无论箩筐里的煤超出多少都不动它，喊一声"可以了"。小年轻以为赚了大钱，暗笑着挑起煤就走，等走到半路上，才发现上了当：因为煤的重量远远超出她（他）的承受力，每走一步都非常吃力，这时那多出来的煤就成了曹操的"鸡肋"，挑之无力，弃之可惜。最后，当他们几步一歇把煤挑回去时，肩膀上磨出了大水泡，浑身骨头都像散了架，好几天都使不上劲。不过他们也从中获得了生活上的教训：以不贪为本。平常时候，买煤卖煤双方都是精明到家的，也有个别时候充满了人情味，如果碰巧在端午、中秋等传统节日去挑煤，矿主会比较慷慨：交一百斤煤的钱后任由你的箩筐装个够，连过秤都免了。当然挑煤者也会向矿主和矿上的人献上祝福和谢意。

这一切忙完后，就起步回家了。回家的路程是艰苦的，没有挑过煤的人是无法想象的。很多煤场都是开在山窝里，回家的第一段路就是爬出山窝窝。挑着一百多斤的重担爬一两里长的斜坡，是最磨人的。由于地心的引力作用，人在斜坡上攀爬的时候，肩上的担子总是往后滑，挑煤者除了用力抵消箩筐向下的重力外，还要向前用力以消除向后的拉力。因此爬完这段坡路，没有一个人不是大汗淋漓。爬到坡顶大家放下担子，歇歇气，等齐一同来挑煤的伙伴。早上吃的饭菜，此时已经消耗得差不多了。这歇息不能太久，阳光已经有点灼人了，气温也升高了，稍微缓过气来，就必须开路。走在相对平缓的道路上，起初一百多斤担子压在肩上并不觉得重，越往后，感觉担子越来越沉，走着走着，汗水不知不觉又冒了出来，眉毛上、鼻尖上的汗珠子像雨天的屋檐滴水滴答滴答砸落在地，汗水把衣服浸透后，又顺着身子往下流，积聚在脚上穿的解放鞋里，走起路来"扑哧""扑哧"地响。身上的能量随着汗水流到体外，肚子越来越空，腿脚越来越软，步子越来越重。这个时候，每个人都勾着头走路，没有一个人说话。原来整齐的队列这时候也混乱了，年轻有力的奔到前头去了，年龄偏大经验老到的边走边保存体力，踩着不变的节奏往前走；那些初出茅庐的小年轻，步子已明显慢下来，他们的体力在开始的路程中耗得太厉害，此时已感觉后继乏力。

挑煤的人都有自己相对固定的歇息点，除非万不得已，不到歇息点是不会撂挑子的。歇息点大都是有树木可以遮阴、有泉水可以解渴的地方。到了歇息地，把担子放下，在井眼里洗把脸，洗去手脚上的汗渍，喝上几捧清凉的泉水，然后回到煤担旁，把扁担架在两只箩筐上，人坐扁担上，让全身放松。带了饭团来的人，趁机把饭团消灭掉。劳累过后的这种小憩很是惬意。坐在树荫下，用手掌当蒲扇摇摇风，放眼看看周边农作物的长势，看看不远处村庄冒出的炊烟，感觉体力又在慢慢恢复。有时候他们也会想，如果自己的家离煤矿也这么近，那该多好啊，挑煤就是一件轻而易举的事情了。想归想，歇归歇，有经验的人都知道不能歇得太久，时间长了，全身都会疲软下来。

于是稍作休息后，又打起十二分的精神，继续前行。那时候，也有专门挑煤卖的人。他们挑煤都是一次挑两担。先将一担煤挑到歇息地，再步行回去挑另一担，返回去的过程就成了休息的过程。把另一担煤挑到歇息地后也不停留，继续往前走，到了第二个歇息点把煤放下，再回来挑这一担煤。这样交替着把两担煤挑回家里。好在那时民风还算淳朴，一担煤放在那儿无人看管也没有人打主意。挑煤卖的人除了体力好之外，韧劲也很强，没有吃苦耐劳的精神，哪能吃得了这碗饭。那时去煤场挑一百斤煤的本钱是一块多，到集市上去卖，可以卖到三块多，在那个一斤猪肉卖七毛八的时期，挑煤卖的收益也算不错了。

遗失的乡村物事

于 兰

一、手工粉条

乡村里的冬天无论多么寒冷，只要有猪肉白菜炖粉条就都是温暖的。

记得小时候，在冬天，我们家的猪肉白菜炖粉条的材料全是自家产的。那时候大家会种很多白菜，我们家种的白菜叫天津绿，冬天结冰之后就会挖一个地窖贮藏白菜。猪也是自家养的，夏天给它吃青草，放学后到田里割草成了理所当然的事情。另一种就是粉条了。

说起粉条，我记得小时候父亲做粉条，先是把几百斤的地瓜用机器打成浆，这些浆一大舀一大勺地被放到一个大纱布上，大纱布下放一个大的粗瓷缸，粗瓷缸是褐色的，用泥土烧制的最简易的瓷缸，一米多高。用清水冲地瓜浆，在纱布的抖动下一些更细的浆流进大瓷缸里，是非常费力气的活。但这只是制作粉条的第一步。等这些大瓷缸里的粉沉淀下来，就将清水倒掉，一大块一大块的粉就会被晾晒起来，最后成为我们现在常见的地瓜淀粉。最后一步是在大铁锅内烧好沸腾的水，像做馒头和面粉一样，把地瓜粉用清水调成大块的粉饼，放在漏勺内，拍打粉饼，从漏勺的细眼里落下的就是生粉条。这些生粉条立刻进入沸腾的水中被煮熟，之后被迅速捞起放进一个盛满凉水的"溜溜盆"内。"溜溜盆"是方言，其实就是那个粗瓷大缸成了大盆，就像现在的洗衣盆，宽度则很大。热粉条放在冷水里一激，然后一把一把地上竿，露天晾晒。晾晒也是很重要的一步，在做粉条之前得查看第二天的天气情况，一定要是晴朗的天气，中午会有好的温度，最重要的是昼夜温差要大，也就是要早晨能结冰的天气。记得小时候一进农历十一月，天就很冷了，结冰的天气非常多。如果照那时做粉条需要的天气情况，现在大概是做不成的——现在的冬天不像小时候那么冷——因为只有结冰的天气才能把湿粉条冻干，那样粉条才不会粘连到一块，才能分散得很好，等到中午的太阳一晒，到傍晚时竿上的粉条都干了，一排排非常壮观地挂在庭院里，等待着人们收进屋里去。

现在的粉条生产不用看天气，因为现在的机器有这种装置，可以进行这种分散的操作。但很多粉条机都注明是不粘连粉条机，我甚至看到过一家企业宣传自己的粉条机说即使发霉的淀粉也能做成粉条，真是让人哭笑不得。

每年家中做粉条，除留下自己吃的一些，还做很多来卖，挣些钱。不过不容易，要在城里卖粉条，就要与人周旋。有时会有些损失，大多时候收获不小，因为经常去的那几个区域的人都知道我们家做的粉条好吃，很快就能卖光。

反正小时候自家手工做的粉条吃起来很纯正，很香，白菜糯糯的，粉条爽滑劲道，嚼起来还有地瓜的香味，当然还有猪肉的香味。

二、猪肉

在我的记忆里，有一头大白母猪，我们家养了它很多年，主要是它每年能生很多小猪崽。有一年居然生了十三只。

夏天无论天气炎热抑或下雨，我一定要和弟弟妹妹、同伴们去田里割草，因为那只大白猪等着吃呢。我们的汗水与青草一同被放进了筐子里，还有年少时最美好最难以忘怀的时光。青草要在夏天尽量多割一些，把猪牛不能吃掉的晒干，这样到了冬天，干草搅上麦麸就是猪的食物。我们吃饭后每次涮锅水都不会倒掉，剩下的菜汤和玉米粥等，是猪吃完干食后需要饮用的东西。

等大白猪的小猪崽长到七八斤的时候，就会卖掉它们，只留下一只小猪崽，它们娘俩会生活在一个猪圈里，一同吃喝，直到快过年的时候，那只小猪崽也成了一只大白猪，大人会隔几天就议论它长肥的情况，这是要宰杀的前奏。为什么要杀自己养了一年的猪，难道没有感情吗？不会难过吗？一是，那时候养猪就是要杀了吃的，这毕竟不同于养宠物；二是，我们去田里割草时还真没有想到要杀它，而是必须给它找食物。也可能在每年年末，过节时，精力只放在可以吃到肉的兴奋上了，这些都没有想过。

只是有一次杀猪的经历很难忘记。

那一次同以往一样，父母找来了村子里专门杀猪的人，因为猪如果不一次杀死会很麻烦。很多年不明白猪杀不死会有什么麻烦。只有那一次，那个屠户失手了，被捆绑着的猪没被杀死，从杀猪台上跑下来了。本来小孩子在这时候都躲在屋子里，毕竟是血腥的场面。但是那只猪让所有人都慌了神，我们就挤到窗口透过玻璃往外看。只见那头被杀得半死的猪在我们的大院子里发疯一样跑，谁都追不上，抓不着。它一边跑，脖子上一边淌着血，同时发出惨叫声，真是恐怖极了。还有那只老母猪，它好像是感应到了什么，在它的崽的惨叫声中它死命地拱着猪栏。那场面真是不忍直视，孩子们都吓得捂上耳朵闭上眼。等外面的声音平息时，那只猪已经死了，大人们都在外面干活。从那以后我才知道，注定要被宰杀的动物，让它死得快一些也是一种人道。

我不是素食主义者，自己想吃肉却怕见血腥，就是因为小时候目睹杀猪的那个场景后心有余悸。偶尔看到母亲很利索地杀鸡，我就很害怕。母亲说，你杀鸡的时候就得狠下心来，不然鸡更遭罪。是的，我想起那只狂奔的猪，还有见过的一只未被杀死的鹅在院子里同样奔跑时的恐怖景象，简直赶得上一部恐怖片。

其实在被宰杀之前，猪一直生活得很快乐，我们以为。我们村子是大村，周围的其他村子都没有榨油厂，我们村里却有一个。那些豆饼，或者是花生饼都是榨油剩下的，我们买来喂猪，因为吃豆饼和花生饼的猪长得快长得肥。大豆生着是不能吃的，所以榨油后的大豆饼都用来喂猪，而花生是生着可以吃的，那些好一点的花生饼还是小孩子们的零食，啃着很香。

我们家喂猪还有一样东西，就是做粉条时剩下的红薯渣。在做粉条时，用纱布过滤红薯浆，细浆都流下去了，剩下的渣子就是红薯渣。父亲说这红薯渣也很甜的，猪爱吃。我们家的猪做的奇葩事，就是在冬天，花生田里收过之后会有部分花生埋在土里，那时候我们也放寒假了，就带着猪去花生田里找埋在土里的花生。猪的鼻子其实很灵敏，只是没有人训练它这一项功能。我们就用上了，一开始故意把花生埋在它眼前的土里，引导它去拱，等它吃到第一颗香喷喷的花生后，你就不用管了，它会自己去寻找，回家之前它会吃上个半饱。

三、野鸭

我们村子里有个放羊老头，他特别喜欢捉野鸭子。我不清楚他的年龄，大概五六十岁吧，劳作，风霜，艰难的生活，这些都在他的脸上刻下印记。

我也想不起他的家人，只记得他放羊时，心思却全在野鸭上。这一带有一个小型的水库，旁边是大片大片的荒地，荒地上长满了各种各样的青草。这样的自然条件中野鸭经常出没，寻食。它们爱吃小鱼、小虾、甲壳类动物、昆虫，以及植物的种子、野草的叶与茎。

无论是野鸡还是野鸭，雌的都是褐色的，不漂亮，只有雄的才有漂亮的羽毛，飞翔起来很美。野鸭在河湖的上空飞翔是很美的，其实它也是鸟儿，只不过体貌长得像家鸭而已。

　　跟朋友说到野鸭，一会儿话题就成了怎么做才好吃。现在人们喜欢野生的东西，野鸭和野鸭蛋都是人们渴求的，所以有些人开始养殖野鸭了。这是不是一种对自然的背离？

　　再说村里这位放羊的老头，可能放羊这项任务为他捉野鸭做了掩护，他真正的目的是野鸭。他放羊时看到野鸭就不再管羊了，让它们自己吃草，他就追着野鸭到处跑，追踪起来废寝忘食，有时会捉到一两只。他当然跟家人说他是意外捉到的。

　　可是有一次，他在追野鸭的时候把腿摔断了，上了快一个月的夹板，他都快郁闷死了。人家问他是不是放羊惯了离不开羊群了，他在心里嗤之以鼻。他在想着那些野鸭，没有他的追赶，它们也很无聊吧。有次不小心说出来，有人就对他说，你看，那些野鸭生活得自由自在的，你去捉它们，老天爷这不是在惩罚你吗？都让你摔断腿了，你还惦记着野鸭？

后来在村卫生所终于卸下夹板，他就像能呼吸了一样，他说他要去放羊，家里人谁也拦不住，再说了，那些羊总得有人去放养吃草吧。

他又开始了一边放羊一边追赶野鸭的生活，这样的生活让他意气风发。

从出门开始，他就想，已经很多天没捉到野鸭了，它们可能都熟悉他认识他了，在跟他捉迷藏。让他看到它们成群地飞，有时落下来到水里游动，有时会落在离他不远的地方，可是当他飞奔过去时，没有一只可以为他留下。

他手上除了一条放羊的鞭子以外，没有更得手的对付野鸭的工具，他曾自己制作过一张野鸭网，用它捕住过体弱不灵敏的野鸭，但现在那张网也没有了。这次，他悄悄靠近掉队的那几只野鸭，它们还没意识到有人靠近，还在嬉戏，啄吃着草叶。他的心怦怦跳着，像要从胸膛里出来了。他仔细观察着它们，觉得其中一只的脚有些跛，他想这次他一定要成功。他手边有一个大布包，是家里买面粉的袋子，面粉用完后把袋子剪开，两只袋子就能缝成一只大包，可以装很多东西，那些村子里出去打工的人，就用这样的大包当作旅行袋。他看准时机，把大包向那几只野鸭抖开，并迅速地上去将包压住，但有好几只野鸭还没等他扑上去，就挣开大包飞掉了。望着它们飞去的背影，他以为这次又完蛋了。抱着侥幸心理，他压住三个角，从最后一个角掀开看，一个小缝一个小缝地开。然后，他惊喜地发现有一只野鸭被罩住了，正是他注意了很久的那只像是跛了脚的野鸭，它在大包灰色的暗影中绝望地看着他。他伸手捉住它，它几乎没有过多挣扎就被抓住了。他欣喜地观察它，看看它的脚，到处都好好的，并不是跛的。可是，它为什么没有飞起来，是它太笨了吧？这是只雌鸭，他摸到它的屁股时，以他很多年前养家鸭的经验，他断定这只野鸭还有半个多小时就下蛋了。它一定是为了这只蛋而没能灵敏地逃跑,更是为了这只蛋放弃了挣扎。

那一天回家的路上,他遇到了另一个放羊老头,对方调笑说,听说你捉野鸭摔断腿了,你追它干吗呢?它飞那么高,你怎么能捉到呢?

老头下意识地摸了摸塑料大包,想起来,他已经将那只野鸭放掉了。

母亲的羽衣

张晓风

讲完了牛郎织女的故事，细看儿子已经垂睫睡去，女儿却犹自瞪着坏坏的眼睛。

忽然，她一把抱紧我的脖子把我赘得发疼。

"妈妈，你说，你是不是仙女变的？"

我一时愣住，只胡乱应道：

"你说呢？"

"你说，你说，你一定要说。"她固执地扳住我不放，"你到底是不是仙女变的？"

我是不是仙女变的？哪一个母亲不是仙女变的？

像故事中的小织女，每一个女孩都曾住在星河之畔，她们织虹纺霓，藏云捉月，她们几曾烦心挂虑？她们是天神最偏怜的小女儿，她们终日临水自照，惊讶于自己美丽的羽衣和美丽的肌肤，她们久久凝注着自己的青春，被那份光华弄得痴然如醉。

而有一天，她的羽衣不见了，她换上了人间的粗布——她已经决定做一个母亲。有人说她的羽衣被锁在箱子里，她再也不能飞翔了。人们还说，是她丈夫锁上的，钥匙藏在极秘密的地方。

可是，所有的母亲都明白那仙女根本就知道箱子在哪里，她甚至也知道藏钥匙的所在。在某个无人的时候，她甚至会惆怅地开启箱子，用忧伤的目光抚摸那些柔软的羽毛。她知道，只要羽衣一着身，她就会重新回到云端，可是她把柔软白亮的羽毛拍了又拍，仍然无声无息地关上箱子，藏好钥匙。

是她自己锁住那身昔日的羽衣的。

她不能飞了，因为她已不忍飞去。

而狡黠的小女儿总是偷窥到那藏在母亲眼中的秘密。

许多年前，那时我自己还是一个小女孩，我总是惊奇地窥伺着母亲。

她在口琴背上刻了小小的两个字——"静鸥"，那里面有什么故事吗？那不是母亲的名字，却是母亲名字的谐音，她也曾梦想过自己是一只静栖的海鸥吗？她不怎么会吹口琴，我甚至想不起她吹过什么好听的歌，但那名字对我而言是母亲神秘的羽衣，她轻轻写那两个字的时候，她可以立刻变了一个人，她在那名字里是另外一个我所不认识的有翅的什么。

母亲晒箱子的时候是她另外一种异常的时刻，母亲似乎有好些东西，完全不是拿来用的，只为放在箱底，按时年年在三伏天取出来暴晒。

记忆中母亲晒箱子的时候就是我兴奋欲狂的时候。

　　母亲晒些什么？我已不记得，记得的是樟木箱子又深又沉，像一个混沌黝黑初生的宇宙，另外还记得的是阳光下竹竿上富丽夺人的颜色，以及怪异却又严肃的樟脑味，以及我在母亲喝禁声中东摸摸西探探的快乐。

　　我唯一真正记得的一件东西是幅漂亮的湘绣被面，雪白的缎子上，绣着兔子和翠绿的小白菜，和红艳欲滴的小杨花萝卜，全幅上还绣了许多别的令人惊讶赞叹的东西，母亲一面整理，一面会忽然回过头来说："别碰，别碰，等你结婚就送给你。"

　　我小的时候好想结婚，当然也有点害怕，不知为什么，仿佛所有的好东西都是等结了婚就自然是我的了，我觉得一下子有那么多好东西也是怪可怕的事。

　　那幅湘绣后来好像不知怎么就消失了，我

也没有细问。对我而言，那么美丽得不近真实的东西，一旦消失，是一件合理得不能再合理的事。如初春的桃花，深秋的枫红，在我看来都是美丽得违了规的东西，是茫茫大化一时的错误，才胡乱把那么多的美堆到一种东西上去，桃花理该一夜消失的，不然岂不教世人都疯了？

湘绣的消失对我而言简直就是复归大化了。

但不能忘记的是母亲打开箱子时那份欣悦自足的表情，她慢慢地看着那幅湘绣，那时我觉得她忽然不属于周遭的世界，那时候她会忘记晚饭，忘记我扎辫子的红绒绳。她的姿势细想起来，实在是仙女依恋地轻抚着羽衣的姿势，那里有一个前世的记忆，她又快乐又悲哀地将之一一抬起，但是她也知道，她再也不会去拾起往昔了——唯其不会重拾，所以回顾的一刹那更特别的深情凝重。

除了晒箱子，母亲最爱回顾的是早逝的外

公对她的宠爱，有时她胃痛，卧在床上，要我把头枕在她的胃上，她慢慢地说起外公。外公似乎很舍得花钱（当然也因为有钱），总是带她上街去吃点心，她总是告诉我当年的肴肉和汤包怎么好吃，甚至煎得两面黄的炒面和女生宿舍里早晨订的冰糖豆浆（母亲总是强调"冰糖"豆浆，因为那是比"砂糖"豆浆为高贵的），都是超乎我想象力之外的美味。我每听她说那些事的时候，都惊讶万分——我无论如何不能把那些事和母亲联想在一起。我从有记忆起，母亲就是一个吃剩菜的角色，红烧肉和新炒的蔬菜简直就是理所当然地放在父亲面前的，她自己的面前永远是一盘杂拼的剩菜和一碗"擦锅饭"（擦锅饭就是把剩饭在炒完菜的剩锅中一炒，把锅中的菜汁都擦干净了的那种饭），我简直想不出她不吃剩菜的时候是什么样子。

而母亲口里的外公，上海、南京、汤包、肴肉全是仙境里的东西，母亲每讲起那些事，总有无限的温柔，她既不感伤，也不怨叹，只是那样平静地说着。她并不要把那个世界拉回来，我一直都知道这点，我很安心，我知道下一顿饭她仍然会坐在老地方，吃那盘我们大家都不爱吃的剩菜。而到夜晚，她会照例一个门一个窗地去检点去上闩。她一直都负责把自己牢锁在这个家里。

哪一个母亲不曾是穿着羽衣的仙女呢？只是她藏好了那件衣服，然后用最黯淡的一件粗布把自己掩藏了，我们有时以为她一直就是那样的。

而此刻，那刚听完故事的小女儿鬼鬼地在窥伺着什么？

她那么小，她由何得知？她是看多了卡通，听多了故事吧？她也发现了什么吗？

是在我的集邮本偶然被儿子翻出来的那一刹那吗？是在我拣出石涛画册或汉碑并一页页

细味的那一刻吗？是在我猛然回首听他们弹一阕熟悉的钢琴练习曲的时候吗？抑或是在我带他们走过年年的春光，不自主地驻足在杜鹃花旁或流苏树下的一瞬间吗？

或是在我动容地托住父亲的勋章或童年珍藏的北平画片的时候，或是在我翻拣夹在大字典里的干叶之际，或是在我轻声教他们背一首唐诗的时候……

是有什么语言自我眼中流出呢？是有什么音乐自我腕底泻过吗？为什么那小女孩问道：

"妈妈，你是不是仙女变的呀？"

我不是一个和千万母亲一样安分的母亲吗？我不是把属于女孩的羽衣收拾得极为秘密吗？我在什么时候泄露了自己呢？

在我的书桌底下放着一个被人弃置的木质砧板，我一直想把它挂起来当一幅画，那真该是一幅庄严的画，那样承受过万万千千生活的刀痕和凿印的，但不知为什么，我一直也没有把它挂出来……

天下的母亲不都是那样平凡不起眼的一块砧板吗？不都是那样柔顺地接纳了无数尖锐的割伤却默无一语的砧板吗？

而那小女孩，是凭什么神秘的直觉，竟然会问我：

"妈妈？你到底是不是仙女变的？"

我掰开她的小手，救出我被吊得酸麻的脖子，我想对她说：

"是的，妈妈曾经是一个仙女，在她做小女孩的时候，但现在，她不是了，你才是，你才是一个小小的仙女！"

但我凝注着她晶亮的眼睛，只简单地说了一句：

"不是，妈妈不是仙女，你快睡觉。"

"真的？"

"真的！"

她听话地闭上了眼睛，旋又不放心地睁开。

"如果你是仙女，也要教我仙法哦！"

我笑而不答，替她把被子掖好，她兴奋地转动着眼珠，不知在想什么。

然后，她睡着了。

故事中的仙女既然找回了羽衣，大约也回到云间去睡了。

风睡了，鸟睡了，连夜也睡了。

我守在两张小床之间，久久凝视着他们的睡容。

故　乡

房　蒙

　　因为工作缘故，我走过许多地方，有春雨杏花的江南小镇，也有铁马西风的塞外边关，领略过最荒鄙的僻野，也目睹过最卑微的生活。多年前的寒冬时节，穿行于川西北海拔四千多米的石渠县城，我曾生出过这样一个疑问：这些满目萧索的苦寒之地，有什么值得人留恋的呢？

　　我从不怀疑在另外的季节里，它会呈现出摄人心魄的自然之美，但这似乎不是一个完美的答案。我曾以为，或许只是他们走不出而已——命运的入口与出口之间横隔着一个巨大的迷宫，与此相对应的词语应该是：贫穷、寒腹短识、故步自封和陈陈相因——一定是这些东西将他们封死在原地，使他们无法摆脱终老于此的宿命。

可是慢慢地，我内心里不再认同这类词汇，取而代之的是另外一种答案。我想，留住他们的，或许只是一抔故土而已，贫瘠也罢，肥沃也罢。

说起来，我已经有两年多没有回过家乡——那个被称作溪坪的村庄。我不知道如今的它会是怎样的一副模样，两年多的时间完全可以改变很多的事物、很多的人。

我虽久不回故乡，却常听到某某离世的消息。那些我熟悉的人，命运一个个地将他们收割，扬长而去。我甚至来不及认真地同他们道别，从此你与他们之间的某件旧事、某种恩怨只有你一个人知晓，从而成为孤独的知情者。或许正是这样的身份让人感到哀戚。还有一些人，我已经记不起他们的面貌了，名字或者身份的后面空空如也，只剩下高高矮矮、胖胖瘦瘦的一些轮廓，仿佛村子里从来就没有这么一个人，却在死后忽地浮现，其人生的旧事像是一夜间成书的一本小说，若干情节使人长久地记住。

随着年岁的增长，这样的经验愈积愈多，故乡的概念也越发深刻。"飘飘何所似，天地一沙鸥"，直到有一天我忽然领悟到，即使再豪阔再奢华的居所，也无法完全消解我的这种漂泊感。从此，我的胸前别起一枚叫作"故乡"的徽章，正式成为一个有故乡的人，也成为一个名副其实的外乡人，只是我不知道该为此感到悲哀还是当作一种荣耀。

我闲暇时曾认真怀想过溪坪的历史。这个三面皆山，一面横拦着一条河的不大的村子，世世代代的人在这里繁衍生息，从来不曾发生过什么惊天动地的大事，即便有一些出格的事情，也只会惹人一番当下的闲谈，绝不会被长久地挂在口上。也没有人会被长久地记住，所有的人到头来只剩下族谱里的一个名字，而名字背后的所有细节统统被岁月卷走，再离奇的故事都将湮没无闻。

有人曾告诫过我：在你用文字重述一个你所体验过的情境的同时，会慢慢失去你对它的记忆。我担心在我一次又一次地描述所历经的往事之后，会失去故乡在我内心里的真实投射。这是我对文字的怀疑之一。可是丢失了现实里的记忆，是否可以收获内心生活的证据呢？对于这一点我如今并没有确切的答案，所以依然可以审慎地用文字记录一些几近湮灭的往事。

对于故乡概念的建立，应是我去到县城读高中之后。在此之前，我从来都没有认真思考过这个问题，我所有的人生计划都是以溪坪为蓝图的，仿佛即便做了帝王，也尽可以把都城建在此地。我曾将屋后阴暗处的一株花椒树苗移到向阳的院子里，我想象多年后，能从它那里收获一些属于自己的果实。还有外婆院子东边的一块田地，我曾仔细地翻垦过一遍，又疏通畦垄，整顿沟塍，预备种一些豌豆或西瓜。这样的事情想来我做过不少。所有的这些都是我对溪坪作久远打算的证明。

可是，有一天，你忽然发现，你再也不能成年累月地身处于故乡的怀抱中了，那个未知的世界正以一种前所未见的光鲜吸引着你去探索，去远离，仿佛听得见两种情绪将你撕扯的声响。其实，对于离开家乡这件事情，是我为数不多的及早就明白的事情之一，与出走的决绝相比，那些貌似久远的打算显然不堪一击。事实上，你移栽的树苗，并没有按你预想的姿态按部就班地长成一棵能结出许多果实的大树，而那片细心整饬过的田地，终于在你该种豌豆还是西瓜的纠结中错过了时节。所以，从一开始我就自认作是一个背叛者，始终背负着一种难言的歉疚之情。

说真的，我唯一能够期望的就是使故乡免于走向荒芜的境地，至少在我有生之年保有一丝倔强的光鲜。可是，你永远无法左右任何一件阳光下的事物走向崩坏，那些你住过然后离开的地方，无一例外地遍地荒芜。那一间间的屋子，它们一旦捕捉不到烟火的气息，就会感到一种深深的遗弃，必定会赌气般的快速朽塌，直到人们再无法追赶它的步伐，不得不在这种对抗中败下阵来。还有那些树，它们有的是天空，本可以毫无忌惮地延伸生长，却也如此迅速地萎落干枯，仿佛只有用这种决绝的方式才能表达对人事种种的眷恋。

我曾认真盘算过退休后回乡居住的可能，大概亦可以在此终老，从而使人之一生有一个完满的回还。但后来我意识到，这件事远没有想象中那般简单，我料得多年之后的溪坪，又有几个是我熟识的故人呢？那些悄悄到来又慢慢长大的人，对我来说一定是陌生的。他们有着同父辈们相似的样貌和轮廓，却与我有着无法逾越的隔膜，在这般故乡里生活是否会有一种异乡人的错觉呢？

即便如今，那些我熟识的邻里，在我归家时与我亲切交谈的人，想必内心里也早就不把我当作溪坪的一员了。在他们的判断里，乡音并不能成为一种确凿的证据。

是的，故乡就这样在我心里渐渐老去，我注定做不成一个在一地终老，用一生温热一方土地的人了。

我也曾认真思量过那些我所改变的东西：比如我曾改变过一棵花椒树一生的轨迹，也亲手了结过无数的蝉鸟鱼虫的性命；山中的某处田地因为我的辛勤劳作，曾经泛出过一抹新绿，某个口齿不清的老妪，至今还在重述我帮她担过柴草的事实；我温热的尿液曾经使一棵苹果树早早长高了一寸，我暴躁的脾气使得一条忠厚的黄狗结结实实地挨过我的踢踹，或许会因此早几秒死去……

我想，也许直到许多许多年后，与人有关的那些痕迹才会完全消失，从此之后，再没有人记得你的名字，你的样貌，就连那些风，那些树也老朽到将你彻底遗忘，如同你从来没有存在过一样。而我扬起的尘埃，想必更要多几年的时间才能落定。村子还会成为另外一些人的故乡，会永远被演绎、被遗忘下去。仿佛我今生的存在对于这个村子无足轻重，使命只是为了改变外面的世界。

中学时，读王鼎钧的《脚印》，字字都识得，却不解其味，只记住捡拾脚印的神奇。细究起来，要一个沉浸于故土芬芳中的懵懂少年，去理解一个堪堪暮年却漂泊海外之人的那种悲凉，究竟是怎样的一种错位呢？可如今再次读来，却满眼人生零落的荒芜找不见归途，字字泛着颓废的痛楚。

　　他说乡间父老讲故事——两个旅人互相夸耀自己家乡的高楼之高。一个说，他家乡楼顶上有个麻雀窝，有一天，窝破了，麻雀蛋在半空中孵化，在落地之前就都学会飞了。另一个徐徐地说，他们家乡也有一座高楼，有一次，有个小女孩从楼顶上掉下来了，到了地面上已经是一个老太太了。

　　是高楼太高，还是时光太快？

　　我年少时是村子里的孩子王，伙伴们常常凑在一起玩捉迷藏的游戏。那时的我觉得溪坪太大了，光天化日之下我也总能将自己稳稳地藏住。那些废弃的窑井和猪圈，连成一片的玉米秸秆和柴草垛，都曾留有我的骄傲和自信。后来我不再满足于这种躲藏，于是带着几个人跑到山上，尽情地玩了一整天另一种的游戏。等我们踏着暮色返回的时候，找的人已经不知所终了。第二天在一起，也没有人再谈起昨日的事情，仿佛这件事情过去之后就等同于从来没有发生过一样。

　　还有一次，我们躲出去绕了个弯，之后又偷偷地溜回家去了。我们悄悄地躲在屋子里，看了一整天的电视剧，到最后一样没有人来找我们，这让我感到一种深深的失落。我不知道这样的藏躲太过潦草还是一种认真，正如我不知道多年前的离开是一种悲哀还是一种荣耀。终于有一天，这个村庄再也藏不住我，又仿佛再也找不回我，我也终于意识到这个游戏的巨大破绽，注定无法永远地继续下去。

往后余生，我们一起走

田秀娟

一

娘虚岁 84 了。

娘老了，成了老娘。

初夏，老家的院子生机勃勃。种在铁锅里的荷花，像个懵懂的少女，怀揣着一颗开花的梦；月季花开着，圆而大，颇丰盈；西红柿、黄瓜挂了果，水灵灵的；苹果树上结的苹果隐约可见，杏树上的杏子有了黄晕。蝴蝶在枝叶间上下翻飞，鸟儿在枝头啁啾。

老娘却病了，突然走不了路了。

周六我回家，老娘像往常一样给我烙饼、

炒鸡蛋、熬粥。彼时，她的双下肢已经没了韧劲，可她努力维持着貌似正常的行走。

第二天，二哥再回家时，老娘想装都装不出来了，双腿像棉花一样绵软无力，连站立都成了困难。

我和二哥带老娘去市医院检查。化验、CT、核磁，楼上楼下，一番折腾。做核磁时，轮椅不能推进检查室。我和二哥一人一边搀扶着老娘的胳膊，老娘却一步也迈不了。二哥说，娘我来背你。老娘说，不行，怕把你的腰压坏了。二哥执意要背，老娘仍拒绝。在护士的劝说下，老娘颤巍巍地趴到了二哥背上。

在二哥背上的老娘，驼着背，那么瘦，那么小。

二

老娘年轻时是一个"小铁人"。一米五多的个子，瘦小，坚韧，极能吃苦。

奶奶在世的时候，没有分家，家里十几口

人，父亲在外地工作，叔叔、婶婶都上班。娘下地劳作，回家做饭。中午伺候一大家子吃喝之后，还要去井台挑水。晚上缝补浆洗，纳鞋底、做棉衣，一刻不得闲。

娘不会骑自行车，全靠双手双脚，推着一辆独轮车下地干活、卖菜。后来，村里人有了三马车、拖拉机，娘还是推着独轮车下地。娘走路像一阵风，我要小跑才能追上。村里有个远嫁的姑娘，多年之后回来探亲，看到娘说，嫂子，我离开村子的时候，您推着小推车自己干活，我回来您还推着小推车自己干活。娘笑着回，孩子们都上学呢。

三个孩子的学费，像一座大山，更像一个无底洞。

娘种棉花，打杈、捉虫子、打药、摘棉花，从早到晚，从春到秋。

娘种菜，拔草、间苗、移苗，一颗汗珠子摔八瓣。

娘烧火做饭，刷锅洗碗，围着锅台，弯腰低头。

面朝黄土背朝天。

焚膏继晷，兀兀穷年。

娘的背，就这样一天天驼了，像拱起的一座山峰，更像是把所有的苦、累、痛、难都自己扛着。

三

诊断结果是腰椎间盘突出及膨出，椎管变窄压迫神经，导致行走困难。年龄大了，不建议手术。只能保守治疗。

出了医院，老娘嘱咐我："千万别告诉你大哥。"大哥在外地工作，是肿瘤专家，博士生导师，工作很是繁忙。家里有事，老娘从不让我们说。我偷偷给大哥打了电话，大哥一听情况，心急如焚，哽咽着说："老娘为了咱们吃苦受累一辈子，不管花多少钱，一定要治好老娘的病。"

除了按时吃药、打针，老娘就静静地坐着，看着窗外。看上去，与正常人毫无异样。可她的世界一下子安静下来，像空寂的山谷，荒凉的孤岛，更像是一个人踽踽行走在漫漫黑夜中，找不到路标，望不到尽头。老娘不哭也不闹，偶尔会喃喃自语，怎么就一步也走不了呢？也间或说上一句，七十三八十四，阎王不叫各自去。这么大岁数了，还能好吗？我不敢看老娘那无助的眼神，我明明没有底气却又装作非常自信地回答，肯定能好。二哥悄悄和我说："看咱老娘多好。有的老人一生病爱发脾气，咱老娘也不闹脾气。"

树上的杏子慢慢褪去了青色的衣裳，院子里氤氲着丝丝缕缕香甜的气息。嗅到味道的还有麻雀、喜鹊、白头翁，以及一些不知名的鸟儿。

好几只"大老家"（麻雀）在树上吃杏呢。老娘说。

那个白头翁又来了。老娘说。

"这些鸟精着呢，哪个杏甜，就吃哪个。"
往年杏子熟的季节，老娘隔一阵子就去赶一次
鸟。可现在，老娘眼见着成群的鸟在啄杏子，
腿却动不了。有一次，看着几只麻雀一边啄杏
子，一边挑衅似的叽叽喳喳，老娘一急就忘了
自己的病，脖子往前一探，两手一撑凳子，腰
上使劲，想站却没站起来。再试，还是没站起
来。老娘重重地叹了一口气，说："连鸟都欺负
我站不起来。"

老娘嘱咐我们，南屋有攒下的纸箱子，多
摘点杏，给邻居、亲朋分分。我和二哥拎着篮
子，蹬着梯子，爬树摘杏，装到纸箱子里。老
娘指挥着我们给张家送一箱、李家送一箱。回
来，我向老娘转述，张家大婶问你的腿好点不，
让你别着急。李家大嫂怕你心烦，说有空了来
和你聊天。老娘微笑着，眼里又有了光。这些
事，老娘以前没让我们管过。去年，老娘还骑

着三轮车给几里地外的亲戚送杏。

四

老家还是旱厕，需要去院子里上厕所。侄子侄媳给老娘买了坐便椅，但是老娘始终拒绝在屋里解手。尝试使用拐杖、助行器失败后，老娘找到一个好办法，撑着圆凳子去厕所。她弯腰90度，把全部力量集中在双手，再用双手撑着凳子，挪一下凳子，再艰难地移动一下双腿。凳子腿与砖地摩擦，发出的声音，缓慢而沉重，一下一下，砸在我的心上。

我出门倒垃圾，回来，老娘还没挪到厕所。我在院子里拔了一棵葱，故意剥得很慢，用眼睛偷瞄着老娘，如果老娘有需要，我能立刻百米冲刺到她身边。直到我把葱剥好，洗好，老娘还没挪到厕所。

老娘就这样艰难地一搬一挪，一挪一搬，把自己挪到厕所。再艰难地把自己挪回房间。

生病前的老娘不闲着，生病后的老娘也不

让自己闲着。她找来一些淘汰下来的旧衣服，裁裁剪剪，用几层布摞起来，纳鞋垫。

老娘的眼花了，手指僵硬了，但是一针一线缝得极其认真。老娘说，人闲生是非。人活着，就得干活。

老娘双手捧着我买的分药盒，近乎虔诚地吃下那些五彩斑斓的药片。老娘把全部的希望都寄托在这些美丽又苦涩的药片上。

一晃，老娘生病一个多月了。一天傍晚，我下班回老家，推开院门，走过甬路，我知道老娘一定坐在阳台焦急地等我。我抬头，视线穿过高高的月季，透过阳台的玻璃窗，看到老娘坐在凳子上，望着窗外。见到我，老娘的眼里闪着惊喜，笑容在脸上荡漾。老娘激动地说："告诉你个大好事。"因为激动，老娘的声音有些颤抖。我正疑惑，老娘一只手扶着凳子，一只手拄着拐杖，慢慢地站起来，迈开双腿，一步，两步，三步……

老娘会走了。

我的眼泪唰地流了下来。

我立刻把好消息告诉大哥、二哥，他们和我一样，欣喜之情，无以言表。我们的老娘太棒了！

第二天清晨，推开门，一朵浅粉色的荷花亭亭玉立，花瓣上的晨露犹如水晶般晶莹剔透。我忍不住在心里说了一句俗不可耐又十分贴切的话语："今天真是美好的一天呀！"

姥姥名"书香"

卫建民

我的姥姥不识字，但一辈子爱惜书，喜欢读书人。

三岁时，我跟着姥姥，住在姥姥家那个明代建的砖窑里，姨姨、小舅舅都在上小学。砖窑土炕对着墙竖放的，是姥姥的木衣柜。衣柜是她当年的陪嫁，本来有两个；待我母亲出嫁时，因生活拮据，就把其中之一陪送，成了我们家的财产。衣柜的两扇门、四个角，柜内抽屉的中心点，原来都包着厚重气派的铜饰，家里困难，为了孩子上学，姥姥都拆下卖了。

在姥姥的衣柜上层右侧，整整齐齐地放着

一摞书，是姨姨舅舅们的课本。我看见，姥姥在拾掇她的衣柜时，小心翼翼地整理书。有一次，我看见一本书的封面上，有一个人高举拳头，对着一面挂在树上的红旗。绿树、青山，特别是举起拳头的人那种庄严肃穆的表情和神态，一下烙印在我心里。那年，我还小，不识字，不知这是本什么书。

村里跟姥姥年龄相仿、我都叫姥姥的妇女，见了我的姥姥都叫 "石止的"。邻村石只是姥姥的娘家，"她的名字就是生她的村庄的名字"。姥姥爱干净，手巧，勤快，厨艺高超。村里办食堂时，她去做饭；后又去村里的学校做饭。姥姥说，她实际上是爱看老师教书，学生念书；书声琅琅，就是她心里的艳阳天。在姥姥心目中，天下头等的事，就是读书。大舅舅厌烦上学读书，上学时打着口哨，身后还跟着一匹摇头摆尾的小黄狗。他坐在教室听课，他的爱犬卧在教室外等，等得不耐烦了，经常审入教室找他。学校老师找到家里，"告诉你们刘林管同学的情况"，姥姥差点气死。兴起"赤脚医生"时，村里送我姨姨去县卫生学校上学。爷爷下城探望，回来告诉姥姥：星期天，他是在学校教室找到姨姨的，"你们林梅拿着书看哩"。小舅舅考到我们村的中学，学习成绩好，姥姥给予很大的希望。但是，上到初三，社会动乱，学校停课，只得回村务农。小舅舅年龄大了，有媒人说亲，就和我们村的一位姑娘定亲了。姥姥爱惜书，连带重视所有写在纸上的字，相信一切写在纸上的字，认为这才是世间信诚的凭据。她让我找人写一份定亲帖，怕媒人嘴上的话不牢靠。我登门去请毛笔字写得好的樊学爱叔叔，樊叔叔微笑，拿起毛笔，按那个时代的风气，先在订婚帖上端写："最高指示：政策和策略是党的生命，各级领导同志务必充分注意，万万不可粗心大意。"然后才起笔"兹订于……"。

　　我到了上学的年龄，回到我们家，离开了姥姥。没几天，姥姥追来，吃饭时还端着碗喂我，我不吃，跑到院子里，姥姥追出来，让我蹲下，她把勺子往我嘴里伸，我心不在焉，仰首看见旁边枣树上，有一颗黑红的枣子披着两片绿叶，我说："姥姥，您看！"姥姥抬头："眼窝儿真尖。"那是个深秋，有丝丝凉风，在一棵老枣树下，我的姥姥喂我吃饭。在我们家住的日子，姥姥给我的课本做了书皮儿，是用她做鞋时的工艺，先打好浆糊，用布裱褙裁剪的，外层是雪白的白纱布。直到现在，姥姥给我专门制作的软精装书皮，我当年刚接到手上时温软的手感，还在心里，多年以后，我在同学家又见到和姥姥衣柜里那本书相同的一本。这时，我上学识字了，喜欢读课外书。原来，我童年遇见的那本书，是吴运铎《把一切献给党》，封面图画，是吴运铎在大山里宣誓入党。这本书，是 20 世纪 50 年代的青年思想修养读物，发行很广，以致流传到村庄，成为舅舅们的读物，又被我姥姥珍藏在她的衣柜。这本励志书，我十几岁读时，只当是个故事。从书中知道，吴运铎为了给前线制造武器，不怕牺牲，在极简陋的条件下研发制造新式武器，急前方所急。为实验新式武器，他身上多处受伤，被誉为"中国的保尔"。吴运铎是工人出身的知识分子，他钻研科学技术的精神，我读后铭记在心。今年，我在孔夫子旧书网买到这本书的多个版本，很想再了解书的情况，重温童年的美梦。几个版本拿在手上，我才详细了解到，让我三岁时一见难忘的封面画，是著名画家王式廓创作的。书内多幅插图，是王式廓、罗工柳的作品。我放下书，想，色彩、图画、人物造型，对儿童的早期教育太重要了。这样一本普通的书的封面画，自进入我的大脑，就从没消失。

上学识字后，我经常利用节假日一人跑到姥姥家，从我们村到姥姥家的路，我太熟悉了。

有一次，砖窑里就我和姥姥两个，我看见碗橱有一张纸，拿在手里，看见纸上写着"张书香"三个字，是记工分的卡片。我一下乐了，说："姥姥，我知道您的名字了！"姥姥的脸红了一下，还不好意思，因为自他嫁到爷爷家，一辈子都没人叫过她的真实姓名。在村里，"她的名字就是生她的村庄的名字"。我也不敢叫，但我从此知道了我的不识字的姥姥姓张名书香。

我们家，祖上亦农亦商，不是书香门第，没听说出过读书人。我一辈子爱读书，甚至以读书、编书、写书为职业，现在买了一屋子书。要问我这一屋子书的源头，寻根溯源，源头就在我姥姥的衣柜里。

母亲放飞的手

刘心武

神圣的沉静

还记得童年在重庆的一些事。

我家住在南岸狮子山，从那里可以到更高的真武山去游览。真武山上有段路非常险，靠里是陡峭的山岩，靠外是极深的悬崖。那天玩得很开心。返回时，我故意贴在悬崖边上走，还蹦蹦跳跳的，甚至以颠连步跃进。

7岁的我还不懂生命的珍贵。那样做，有存心让母亲看见着急的动机。那悬崖下面的谷地，荒草里凸现着一块怪石，那石头自然生成盘蛇的状态，当中的一块耸起活像蛇颈和蛇头。传说结了婚的男女，从悬崖上往下掷石头，如果掷中了那条石蛇的身子，就能生个儿子。混混沌沌的我，自以为也懂得成年人的事情，听大人们有那样的议论，想起自己也同邻居女孩子玩过扮新郎新娘的游戏，竟然也拾起石块朝悬崖下奋力掷去，把握不好投掷的重心，身体的姿势从旁看去就更惊心动魄了。

还记得那天母亲的身影面容。她紧靠路段里侧的峭壁，慢慢地走动。她一定后悔转到那段路以前没能牢牢牵着我的手，把我控制在她身边，她自己往前挪步，眼睛却一直盯在我身上。我顽皮地蹦跳投掷，不住地朝她嬉笑，怄她，气她，悬崖边缘就在我那活泼生命的几寸之外。

事后，特别是长大成人后，回想起母亲在那个时间段的神态，非常惊异，因为按一般的心理逻辑与行为逻辑，母亲应该是惶急地朝我呼喊，甚至走过来把我拉到路段里侧，但她却是一派沉静，没有呼喊，更没有吼叫，也没有要迈步上前干预我的征兆，她就只是抿着嘴唇，沉静地望着我，跟我相对平行地朝前移动。

那段险路终于走完，转过一道弯，路两边都是长满茅草和灌木的崖壁了，母亲才过来拉住我的手，依然无言，我只是感受到她那肥厚的手掌满溢着凉湿的汗水。

直到中年，有一天不知怎么地提及这桩往事，我问母亲那天为什么竟那样沉静。她才告诉我，第一层，那种情况下必须沉静，因为如果慌张地呼叫斥责，会让我紧张起来，搞不好就造成失足；第二层，她注意到我是明白脚边有悬崖面临危险的，是故意气她，尽管我不懂将生命悬于一线是多么荒唐，但那时的状态是有着一定的自我防险意识与能力的。

一个生命一生会面临很多次危险，也往往会有故意临近危险，也就是冒险行动，她那时觉得让我享受一下冒险的乐趣也未尝不可。我很惊讶，母亲那时能有第二层次的深刻想法。母亲去世三十多年了，她遗留给我的精神遗产非常丰厚，而每遇大险或大喜时的格外沉静，是其中最宝贵的一宗。

我写第一部长篇小说《钟鼓楼》时，母亲就住在我那小小的书房里，我伏桌在稿纸上书写，母亲就在我背后，静静地倚在床上读别人的作品。我有时会转过身兴奋地告诉她，写到某一段时自我感觉优秀，我还会念一段给她听，她听了，竟不评论，没有鼓励的话，只是沉静地微笑。

后来《钟鼓楼》得了茅盾文学奖，那时母亲已到成都哥哥家住，我写信向他们报喜，母亲也很快单独给我回了信，但那信里竟然只字未提我获奖的事，没什么祝贺词，只语气沉静地嘱咐了我几件家务事，都是我在所谓事业有成而得意忘形时最容易忽略的。

2000年我第三次去巴黎，又去卢浮宫看

达·芬奇的《蒙娜丽莎》。在众多的观赏者中，我忽然产生了一个非常私密的感受，那就是蒙娜丽莎脸上的表情，并不一定要概括为微笑，那其实是神圣的沉静，在具有张力与定力的静气里，默默承载人生的跌宕起伏、悲欢聚散、惊险惊喜。那时母亲已仙去多年，我凝视着蒙娜丽莎，觉得母亲的面容叠印在上面，继续昭示着我：无论人生遭遇到什么，不管是预料之中还是情理之外，沉静永远是必备的心理宝藏。

一床被子

在我的一生中，母亲对我的影响非常之大。总的来说我和母亲的关系是比较融洽的，但是没有想到在我参加工作以后，在20世纪60年代，我和母亲之间却发生了一次严重的心理碰撞。

我参加工作的时候，母亲给我准备了她亲手缝制的被褥和枕头，还给了我一只箱子，装了我的衣服、用品什么的。我带着这些东西住进了单位的宿舍，开始了我的社会生活。

　　1966 年春天，我在北京一所中学任教。就在那个春天，我棉被的被套糟朽不堪了，那是母亲将我"放飞"时，亲手给我缝制的。它在为我忠实地服务了几年后，终于到了必须更换的极限。于是我给在张家口的母亲写信要一床被套。这对于我来说是自然到极点的事。母亲很快寄来了一床新被套，但同时我也接到了母亲的信，她那信上有几句话我觉得极为刺心："被套也还是问我要，好吧，这一回学雷锋，做好事，为你寄上一床……"睡在换上母亲所寄来的新被套的被子里，我有一种悲凉感：母亲给儿子寄被套，怎么成了"学雷锋，做好事"，仿佛是"义务劳动"呢？现在我才醒悟，母亲那是很认真很严肃的话，就是告诉我，既已将我放飞，像换被套这类的事，就应自己设法解决。她是在提醒我，自己的事要尽量自己独立解决。

　　父亲母亲早晚有一天会变得更老，而且按

137

正常的生命规律，他们会在我离世之前就先走，我怎么能靠他们一辈子？我应该自己解决自己的问题。

所以打那以后，我到百货商店给自己置备了针线，开始自己补衣服、钉扣子。母亲给我的第二床被套坏了以后，我就没有再提出请她给我寄被套之类的要求。我自己去买了布，虽然当时有购买限制，但是人人都有布票，还有棉花票。买了布以后自己缝制有困难，我就去街道上找那种提供缝制服务的合作社，用自己挣的工资付了钱，等被套缝好后我取回来晾在绳上，经太阳曝晒，消了毒，我再拿来盖。

所以，在我娶妻生子之前，我就有了相当的独立生活的能力，这要感谢我的母亲。

我这一代人结婚以后，国家当时出台了新的计划生育政策，号召"只生一个好"，以此控制人口数量，后来就出现了很多的独生子女。独生子女多了以后紧跟着出现一个社会问题——有一部分年轻人始终不能够养成独自解决生活问题的能力，什么事都要家里的父母长辈给解决，父母的担子变得特别重，有的还把这份担子搁在爷爷奶奶、姥爷姥姥身上。由此诞生了一个新的词叫"啃老"。

前些年老是看到这样的报道，说有的大学生上大学以后，第一件事就是把所有的脏衣服打包寄回家，等家里洗好、晾干、熨平了再给寄回来——生活不能自理，而且他们觉得父母长辈给自己解决这些问题是理所应当的。

我的父母对我很好，辛苦地把我养大，让我受教育，但是当我受完教育去工作以后，他们就将我放飞，让我独自在社会的天空里面翱翔，从生活中这些小的事情做起，慢慢地，大的问题自己拿主意，自己面对各种人生的挑战。

后来等我成家立业了，我终于把这些心事跟母亲说了，母亲笑了，她说："当时我把第二床被套给你寄去的时候，其实在我心里面也是对你有气的，你这么大个人了，你都工作拿工资了，你都不想着怎么来反哺父母，解决父母的一些问题。而是盯着父母，有事就向父母伸手。虽然当时我给了你一床被套，可是我心里头还是挺别扭的。"

我们俩面对面把这话说开以后，忍不住都笑了。看着当初那个写信向她要被套的孩子变成熟了，母亲很高兴。这就是我母亲给我的另一份精神滋养。

后来我写了一篇很长的文章，题目是《远去了，母亲放飞的手》。我好比是一只发育完善的飞鸟，我挥动自己的翅膀向辽阔的天空飞去，而母亲高高举起双手，她把我放飞，她很欣慰，我飞走，我很兴奋。母亲去世以后，我很怀念她。

正在消失的中国美食 [1]

物　道

每一种食物都有故乡

《奇葩大会》讲过羊肉的事："甘肃、宁夏都声称自己拥有世上最好的羊肉，内蒙古和新疆更具体到呼伦贝尔还是锡林郭勒，南疆还是北疆，都说自己的羊肉最好。"

他们的羊儿在天高、地阔、水甜、草绿的地方长大，肉都是净的。麻花铁扦子穿上羊肉片，撒上辣椒等香辛料，慢慢烤出油滑的泡，闻起来不腻不膻。

1　资料：《我们想用食物给大家描绘一个美味的故乡》，作者：陈晓卿，来源：风味人生

朋友是海南人，他一听："没有膻味算什么羊？"完了还要补充，羊肉要带皮的，椰子做底煮成汤。可如果问一个贵州人，"羊肉不加油辣椒能好吃？"

全中国哪里的羊肉最好吃？是个没有答案的问题。同样，全中国哪里的腊肉／竹笋／面／饺子……最好吃？也没有答案。

故乡的食物最好，是所有人的共识。唯有故乡的味道，才是最正宗的口味。这种正宗很顽固。如潮汕之牛肉丸，南京之鸭子，湖湘之莲藕，川蜀之辣椒……

《舌尖上的中国》有段话："千百年来，人们无论脚步走多远，脑海中只有故乡的味道熟悉而顽固，它就像一个味觉定位系统。"哪怕人不在故乡，食物必须有故乡。

食物的故乡比时间深

所谓故乡，或许是出生地，或许是生活了十几年的地方，积淀了一个人所有的爱与情感。

与此同时，也积淀了口味。陈晓卿说："科学层面上，人的口味习惯基本成型于童年时代，你童年吃到什么，以后的口味就是什么。"

他外婆生活在大别山的村子里，每逢过年一定做腊肉，但家里穷，只买肥膘肉，几乎没有一点瘦肉。炊米饭时切手指厚的，每个人只得一片。

"极咸，门牙咬下薄薄一小条，就足够送一大口糙米饭。"

童年的记忆，物资匮乏的年景，让陈晓卿始终对脂肪有天然的好感。"如果很多天不沾荤腥，我就会回忆起外婆家的腊肉。"

食物之所以能够引人深深眷恋，往往不是因为怀念食物，而是在回忆自己的成长。

在云南生活七年的汪曾祺，雨季去菜市场寻色如鸡油黄的鸡油菌，贵得惊人的鸡枞，回忆着，念想着，他脑中的镜头，切到了学校食堂的一碗牛肝菌，那是西南联大，渐而是同学的脸、老师的课、动不动就响的警报……

　　爱美食仅仅是为了爱故乡吗？不是的。不过是曾经的自己，曾经的人与事，曾经的牵绊。

食物的故乡会消失吗

　　近几十年的城市化让很多人的故乡不复存在，变成面容一致的城市，本地食材也受到冲击。

　　过去养猪得养十个月，现在叫"四月肥"，五月出栏；大白菜要等到霜打一打才能收，但渐渐地，风味的物质失去了沉淀的日子，肉无肉味，菜无菜味。

　　食物正在失去土地，但食物的故乡是否消失，答案在于人。

　　《无尽绿》的作者宋乐天，一年临近立夏，她看到家附近一个菜摊上，堆了满满一簸箕树叶子，菜贩告知是做乌米饭的材料，她不禁大为好奇。

　　因为"乌米饭"是她年少时的节日美食，几

144

十年后的现在原来依然有人卖树叶子，依然有老一辈的人做乌米饭吃，迎接立夏。

岁月如流，故乡的食物却好像永远流不走，风味，有一半的因素是有坚守的人，和这些人为之倾注的认真劲儿。

沧海桑田，风味不变

食物的故乡是否会消失，答案就像年味会不会变淡一样。在大人心中是淡了，可是孩童永远兴冲冲地拿红包，穿新衣，吃年食……他们的年味永远很甜。

食物亦如此，从源头而来，下游只要还有舀水的人，它就永远被深深回望。只要风味不被遗忘，食物就不会失去故乡。

但如腊肉风味的积淀一样，食物的故乡也来自时间的积淀，人的积淀。此时此刻，无论你是否归家，都愿你好好吃饭，好好品味。

味道的尽头

喵公主

1

"宝鸡故事"，是一家出售陕西面食的小店，距离我家约五六百米，隔着一条街。

这些年，曾很多次路过那条街去小店对面一家出版社办事，但每一次都是心无旁骛地进进出出，并没有留意到小店的存在。

直到去年夏天，那家出版社搬迁，最后一次过去，出了大门，心底忍不住泛出微微惆怅和不舍，便驻足片刻。无意中抬头，看到了街对面那家招牌素净的店面。

招牌上一张肉夹馍的图片吸引了我，跟着，

记忆中的某一处思绪没来由地轻荡了一下，于是走了进去。

店铺干净整洁，三个隔间里分别摆放了十几张桌子，墙壁有序地挂着店里特色小吃的图片，用木框装饰起来，很别致。

招牌是面，却非我所好，我只要了一个图片中的肉夹馍。

如我期待，这家店用来夹肉的白馍，没有掺杂任何调味品，巴掌大小，烤到两面微焦，散发着一个面饼该有的麦香，但绝不会掠夺所夹的煮到香浓软糯的五花肉碎的肉香——它还原了我记忆中肉夹馍最地道可口的味道，一口咬下去，记忆被彻底唤起。

2

那种记忆来自 2003 年的西安，西门外一个叫潘家村的城中村内，有一家肉夹馍小店。那年春夏时节，我在位于潘家村附近一位好友的工作室写剧本，差不多每天都会去那家小店打卡。

记不得店铺的名字了，只记得那肉夹馍的味道，和这次吃到的近乎一模一样。

那家店只做肉夹馍和麻酱凉皮，馍放在掌心里，小巧饱满。麻酱凉皮做得也精致且价格便宜，再配一份免费的绿豆汤，足够了。

小店在巷子深处，却每日顾客盈门。后来听朋友说，那家小店的老板，在某年央视美食擂台赛的地方小吃节目中打过擂，当过一期擂主。

难怪。名气大起来之后，小店的营业时间并没有改变，准点打烊，无论老板还是服务员，都可以按时下班去过自己的小日子。

那天，一个小小肉夹馍的齿颊留香，稍稍一碰便在记忆里清晰起来。

同时清晰的，还有那一段在西安的日子，工作室里那些一起熬过夜抽过烟醉过酒争过吵过也拥抱过的伙伴们……想起那个紧张到抓狂、又专注到极致的自己。

3

说到底，对某种味道的想起，其实是开启一段记忆的钥匙。

比如这些年，每次邂逅炸虾仁和糖醋里脊，都会想起一个城市，一条街，一家家常菜馆和一段时光。

那是 20 年前了。那是青岛南京路上一个叫作"八大湖"的餐馆，那是我的大学时光。

那个青葱年纪，除了荷尔蒙，旺盛的还有食欲。八大湖餐馆，是我们寝室 6 个女生在打卡了学校附近所有消费得起的餐馆后，确定的最实惠餐馆，量大，味儿美。

炸虾仁和糖醋里脊两道菜，每次打牙祭必点。再配上他们家特色十足的炝拌土豆丝和一份香菇油菜，满满四大盘，足够我们每人送下两大碗米饭。

离开青岛很多年后，那段舌尖上最真实的

记忆，也最容易被唤起。

就像偶尔在城里某个夜市碰到肉块大些的羊肉串时，我会不由自主地想起青海——我的出生地，6 岁时我离开了那里，再回去已经是二十多年之后。

4

也是在 2003 年，写剧本写到精疲力尽的收尾期，我给了自己一个放松的小假期，从西安去了青海。

那是五月中旬，青海湖畔的山脉依然白雪皑皑，黄河边的小镇贵德，梨花却已经开到繁盛。在飞机上邂逅的那位一见如故的朋友，开车载着我，在我的故地一路穿行。

一晚，我们停留在一个叫过马营的小镇吃烧烤，朋友随口问，羊肉串要几串？

根据经验，我伸出一个巴掌。他笑了一下，到后厨拿了一串刚刚穿好的肉串给我看。我直接傻眼——那么豪放的肉串，我其实连一串也吃不完。

那一晚，小镇寂静安宁，天空呈现蓝紫色，星星似离人很近，看得清闪烁的频率。

我跟朋友有一句没一句地聊着天，看两个七八岁藏族小男孩在夜市的灯火里打架——他们打得很认真，也不出声，抱成一团在地上滚来滚去。

然后他们爬起来，各自拍拍藏袍上的尘土，一前一后地跑了，边跑还边互相招呼着彼此。

我和朋友都笑起来。他是山东人，大学毕业后来到青海，已经待了十几年。看得出来，他喜欢那里。

5

其实，如今我并不记得那份硕大的羊肉串的味道，但清晰记得那晚的蓝紫色夜空，记得闪烁的星子，记得两个藏族小男孩，记得朋友指间的烟和唇边的微笑。

就像每次想起青岛的"八大湖"餐馆，那群

贪吃又可爱的姑娘便一个个从记忆中浮现出来，爱生气的软毛，特立独行的心心，没主心骨的亮子……历历在目。

就像那一日吃到肉夹馍时，想起西安的一家小吃店，一段待在西安的时光……

但真相是，每次去那家小店时，身边都有一个人在啊——那时候的他二十几岁，眉清目秀，音质清澈——他是个清澈的朋友，一直待我如家人。

所以，这才是真相中的真相吧，在味道的尽头，驻扎那么一个或者几个人……那么好。

瀛洲河印记

江枝铃

　　清澈碧绿，潮涨潮落，舟船穿梭，木排放渡，龙舟锣鼓，洪水横流，道头卸货，游泳戏水，捕鱼捉虾，沙洲蚬子等等诸多生活场景和活动项目，都伴随我儿时、童年乃至青少年的成长与欢乐，这就是我家门口美丽的——"瀛洲河"。

　　瀛洲河坐落于台江区瀛洲街道和新港街道的交界处，连接两岸的有座古老的石拱造型的"瀛洲桥"。早期河道较宽，河床两岸相距30～40米，平潮时水深可达2～2.5米，河道往上游一公里左右连接闽江，往下游可达五公里远的南公象园。所以当时的瀛洲河也是闽江航运支流的货船运输主干道，沿河两岸有多个道头（简易码头）提供装卸货物。

当时货船多为木体船，而且是靠人工撑，动力借水流，所以只有在涨潮时顺流而下，落潮后再原路返回。如果遇上半夜涨潮又是一番景象了，船连船，灯接灯，吆喝声此起彼伏，伴随着潮涌激流，河道上如长龙出水，萤火飞舞，月光下碧水映天，船帆倒影，不失为一道亮丽的风景线。这种水运繁荣景象从七十年代持续了十多年，也是改革开放经济发展的历史鉴证。

瀛洲河是母亲河。八十年代中期之前，住河两岸的人家都是饮用瀛洲河的水。我们会等河水平潮时取水，平潮时间约 40 分钟，此时段水最干净，涨潮冲污水，落潮又带杂物，均不合适取水。我家取水很方便，阳台就架在泊岸上，小木桶系上 2 米长的绳子就够得着了，然后倒到大水缸里，"明矾"沿缸壁抹上两圈即可，半小时后就开始沉淀了，一天一缸水，每天取水，日复一日，就这样喝着自制的纯净水长大。

瀛洲河也是娱乐场。家门口有了这条河，使我的儿时生活更加丰富多彩了。捉鱼最常去。涨潮可钓鱼，落潮去捕鱼，运气好的话当天饭桌上就有半斤多的新鲜美味的一盘红烧鱼了。摸蚬子不会少。夏天蚬子是旺季，因水质好，只要有沙床就有蚬子，一天也能摸上半斤的黄蚬子，晚餐配稀饭也是标配的菜。同时还是天然游泳场。端午节后一直到白露整个夏天都可以游泳或泡澡，涨潮时河面宽适合游泳，落潮后河床低刚好泡澡。偶尔也约上几个邻居去漂流或跳水，每每学燕子式的跳水时，会不见了裤子，引来小弟小妹们的嬉笑。傍晚泡澡也是一件很惬意的事，调皮的小玩伴有时连"出恭"都一条龙服务了。

瀛洲河有时也发脾气。那是在四五月雨季来临之时，降雨引发洪水。早期上游没截水，闽江每年都发洪水，正所谓大江满小河溢啊！此时，我们河两岸的人家都要到其他地方少住几天，洪峰来时把自家的门板和墙板都拆了搬到二楼，一楼任由洪水来回穿越，杂物堆柱绕梁。等待洪水退去，我们再回家收拾安装，偶尔也会捡到几只留下的鱼和虾。

碧水东流去，朝潮尽繁华。时代的变迁写满儿时的记忆，老家的生活印下童年的欢乐。瀛洲河的风韵虽褪色不少，但却被我们这一代人珍藏在记忆深处，闲暇之余与子孙唠叨一番。

左邻右舍

俞 俭

远亲不如近邻，左邻右舍的情谊是一代代人积累，一辈辈日子浸润的。我幸运生活在思溪这样一个美丽的山村，有美好的左邻右舍，从小看到的世界，门都是敞开的，乡亲们内心也是敞开的，我所能感受到的就是温情美好，友善和谐。

思溪村都是清一色徽派建筑，房子一幢紧挨一幢，几条村巷连接着百十户人家。村巷不宽，门前对屋口，三五步就从这家跨进对面那家；而相邻一排的人家串起门来，就像一针一针缝纫，那大门口就是针线落脚处。

清晨，谁家公鸡第一声啼叫，引得全村一片啼鸣，几乎同时，各家各户的炊烟仿佛约好了似的，在村子上空袅袅升腾起来。不一会儿，锅碗瓢盆声交织着，传响在整个村巷。

一方水土养一方人，左邻右舍淳朴善良，没有心机，勤劳踏实，都不是大人物，谁也不是主角，实实在在，和和气气，见面问声好，总带着笑意。他们说话不紧不慢，不急不躁，一副温文尔雅，无欲无求的样子，日子过得不慌不忙，稳稳当当，与安静祥和的山村环境倒很和谐。

多年以来，左邻右舍各家大门都不上锁，虚掩半开，要借用农具、生活用具之类，无论走进谁家，有人在就打声招呼，没人在就先拿走，用了还回原处，像自己家里一样。

我家斜对面有一幢大房子，那时住着几户人家，正屋前有一小院，种一丛天竺，高约五尺，很茂盛，常见邻居们进出攀摘两枝天竺，给娶亲出嫁做寿人家送喜礼时用，取"天祝或是添祝"之美意，插在喜礼或红包上，立见喜庆。这丛天竺任由邻居们攀摘，不必给主人家打招呼，似乎是人人共有、家家公用。

20世纪80年代初，岩林叔买来电视机，左邻右舍大大小小都挤到他家看电视，好比是自己家，里三层外三层，保持少有的安静，直看到半夜屏幕只有雪花跳，直看到自家也买了电视机。

我家后门口斜对着的是欣美婶家。她家有一个大菜园，是老屋废墟清理出来的，菜园半边种菜，半边养猪养鸡，最吸引人的是有两棵大枣树，枝繁叶茂几乎覆盖了半个菜园。四五月间，枣树生机勃勃换了新叶，渐渐枣花就开了，透出清香，待到金秋枣子成熟，欣美婶就分给左邻右舍一升筒枣子，余下可卖点零用钱。那时吃到甜甜的枣子真幸福。

最邻近的婵媛伯母家，两个儿子长大后随

父亲进了县城。她一直在生产队劳动，后来年纪大了也到县城团聚，左邻右舍进城办事都到她家落脚，很是熟络热情，我高考那年就住在她家。

绣娘芝娥婆相隔两个门口，儿孙都在景德镇，她独自一人生活在村里，做着以婴幼儿童鞋帽为主的针线活，鞋帽绣花特别精致，深受喜爱。她很爱干净整洁，花白头发梳理得一丝不乱，三寸金莲走起路来很有精神。左邻右舍经常请她上门做鞋帽，不收工钱，平常送米送菜给她。她和我母亲走得特别亲近，常来家里说说话，送过我家一叠景德镇瓷碗。左邻右舍的孩子都喜欢到她家去玩，因为她一年四季总藏着许多好吃的东西，炒米、红薯干、南瓜饼、茄子果，更稀奇的是还有饼干、芝麻片、水果糖。

大半个村聚族而居，户连户，门挨门，往来密切，左邻右舍永远保持着相帮互助的邻里之情。平日里，大家喜欢端着碗，串个门，夹点菜，喝杯茶，说句话，自然随便，无所顾忌。孩子们更是喜欢端着饭碗出来聚在一起，有什么好菜共同分享，然后背起书包一同上学，放学后一起砍柴、打猪草。

左邻右舍做人重情义，论事讲道理，或因对人对事看法不一，互相争辩，吵架也是常有的，吵得脸红脖子粗，唾沫横飞，说不定还会动起手来，很快就会被旁人劝住，双方都有台阶下，转眼就和好如初，该一起打牌就打牌，该一起喝酒就喝酒，似乎从来没有发生什么。

最寻常的，谁家红白喜事，左邻右舍都来帮忙，女眷在厨房烧火、拣菜、洗碗，给来客斟茶倒水，男的负责备齐桌椅板凳、买菜、约客，每场都是一众熟悉的面孔。平日谁家修房子、砌猪圈，分田到户后"双抢"时节，都少不了左邻右舍的帮忙，而且不要工钱，吃两餐饭喝两杯酒就行，用他们的话说就是，谁家还不要帮衬呢。我小时候就经常听到左邻右舍说一句话："邻舍家，客气什么呢！"

年猪饭最有趣，腊八节以后，陆续开始杀年猪，今天这家，明天那家，全村有3位杀猪师傅从清早忙到傍晚，左邻右舍不请自来帮忙干活。年猪杀了，第一桩就是相互送一碗刚煮好的热乎乎的猪血，到了晚上，左邻右舍邀聚一起，吃一顿年猪饭，菜肴丰盛，色香味俱全，弥漫着浓浓的年味和邻里亲情。

以我个人生活和成长的经历，对左邻右舍的情感是写不完的。想想那些流逝的岁月，过去的村邻，感觉暖暖的、甜甜的，真难得。外出工作以后，每年回家两三次，就会到邻居家转一转，坐一坐，看一看，感念他们曾经给我的一粥一饭，回想他们的片言只语，听听浓浓的乡音，谈谈新近发生的事，感觉很亲切很温馨。

这些年，河对岸兴起一片新村，三十多户

人家建起新房，左邻右舍纷纷乔迁新居。老屋还在，祖祖辈辈的邻里情还在。乡亲们迁住新居后，形成新的左邻右舍，又渐渐建立了邻居圈子，延续着传统的人情往来。

山塘桥边两山塘

厉佛灯

　　江南遍地河，河上桥梁多。"小桥流水人家"，构成了江南水乡的独特魅力，也是江南水乡的真实写照。生活在江南的青山绿水间，我见过许许多多的桥，这些桥各具特色，也各有故事。然而，给我留下深刻印象、让我念念不忘的，还是坐落在浙江省平湖市与上海市金山区交界处的一座小石桥——山塘桥。

　　今年早春，一个春光明媚的日子，我来到平湖市山塘村，向路人打听附近有什么值得一看，一位自称"老胡"的村民着力推荐我去看看山塘桥，还自愿当我的向导。老胡看上去六十多岁，身板结实，脸色红润，步履轻快。他说自己是土生土长的山塘人，原在城区工作，退休后就回到了村里，已当了一年多村里的"免费导游"。老胡说，他"一有空就在村里到处转悠，村里的花花草草都认得我了。"

乍一看山塘桥，犹如见到一位不施粉黛、敦厚朴实的村姑，在江南水乡千姿百态、美不胜收的石桥中，实在很不起眼，排不上号。"您别瞧不起我们村这座桥，它可不一般呢！"老胡似乎看穿了我的心思，立马就打开匣子，绘声绘色地给我介绍起来。

山塘桥始建于清嘉庆庚辰年（1820年），至今已有两百多年历史，桥长22米、宽2.12米，桥面由12块长条石拼接而成。的确，桥的身姿不那么雄伟高大，雕刻的花纹也不那么细致精美；但它的不一般之处是横跨沪浙，并且非常巧合的是，桥两边的村都叫山塘村，桥南为浙江的山塘村，桥北是上海的山塘村。村里人为方便区分，习惯称南面的山塘村为"南山塘"，北边的山塘村为"北山塘"。

"这桥像个饱经沧桑的历史老人，默默注视着沪浙两地的交流往来，见证着两村的发展变化。"老胡对这座桥似乎情有独钟，一说起来就神采飞扬。据老胡介绍，两个山塘村一桥相连，人缘相亲，交流频繁。有姻亲关系的不少，有北山塘小伙娶了南山塘的媳妇，有南山塘的小伙在北山塘就业成家。年轻人谈恋爱，有很多先约在这桥上碰头，然后再牵手到其他地方去。在庄稼抢收抢种的大忙时节，大家也都是相互帮忙的。听老胡这么一说，真要令人对山塘桥刮目相看了。

有桥必有河。山塘桥下的河叫山塘河，宛如一条玉带横亘其间，自西向东静静流淌。站在山塘桥上凭栏远眺，只见河面绿水盈盈，微波轻漾，薄雾迷漫，两岸桃花绽放，杨柳吐丝，芦苇葳蕤，景色十分迷人。

"这条河现在已经大变样了。"老胡感慨地说。十几年前，河两岸污水往河里排，垃圾往河里倒，山塘河一度成了垃圾河、臭水沟，别说淘米洗菜了，连漂洗个衣服都不敢，一到夏天河里就有异味，路过时都要捂住鼻子，两岸的村民还相互指责埋怨。后来大家都明白了，河道要整治，涉及整个流域，也涉及岸上水中。村干部几番商量后，决定联手对山塘河进行治理。他们组织力量清淤疏浚，在河两旁种植花草树木，在河岸建游步道。经过几年努力，山塘河逐渐恢复了生态，实现了美丽蜕变，成了一条人水和谐、远近闻名的"景观河"。

由山塘桥向两头延伸，就是一条南北走向、贯穿两个山塘村的街道，当地人叫山塘老街。老街是连接南北山塘的纽带，承载着小镇的历史文化，也承载着山塘村人的精神寄托。徜徉在这条老街，仿佛穿越时光隧道，给人无限遐想。那白墙黑瓦的民居，那屋檐下挂着的大红灯笼，还有那临街的一个挨着一个的小店铺、小餐馆，仿佛都在述说山塘小镇的历史故事。

　　这条老街是山塘村的象征，只有老街振兴，山塘村才能振兴。老街贯穿两个村，又分属不同的行政区域管辖。村里的干部群众都明白，老街要改造好，山塘村要变美、变富，就不能你干你的、我做我的，必须携起手来。南北山塘联手开展了老街改造和民居整治，根据修旧如旧、保持原貌的原则，共同打造了"明月山塘"跨省旅游项目。经过5年的整治和建设，老街、房子及周边环境都变美了，整个小镇旧貌换了新颜，新开的店铺、民宿明显多了起来，游客越来越多，人气也越来越旺。

　　中午时分，从北山塘老街返回南山塘，经过山塘桥，只见桥上过往的行人摩肩接踵、络绎不绝。来自上海旅游团的游客，在导游的安排下纷纷拍照留念。一位衣着时尚的大妈笑着跟同伴说："过了一座桥，就从上海来到了浙江，很有意思哩。"旅游团还把一对满头华发的老年夫妇簇拥到桥边拍照，两人依偎在一起，有一点羞涩，又笑容满面。据说男的是上海人，女的是浙江人。此情此景，让我不禁想起沈从文优美而深情的句子："在青山绿水间，我想牵着你的手，走过这座桥。桥上是绿叶红花，桥下是流水人家，桥的那头是青丝，桥的这头是白发。"

老胡自豪地告诉我，山塘桥现在已是网红打卡地，几乎每个旅游团都会安排这里让游客拍照留念。是啊，山塘桥不仅是一座网红桥，更是一座连心桥、共富桥……

《品读家乡》简介

现代社会的快速流动使"在他乡"成为生存常态，人们习惯于离乡背井，奔赴一个又一个崭新又陌生的生存空间，情感世界中那些熟悉的地理与心理，顺理成章地被纳入"地球村"的范畴。故乡故土有序世界的不断突围，不仅意味着具体的实践空间的拓展，更意味着情感价值的深化与积淀。乡愁、乡情、乡音、乡味等等对乡土的深沉眷恋，使走出乡土的个体在社会互动、身份认同、价值取向等发生裂变的同时，也展现出寻根的坚韧性，因而不仅具有人文审美的价值，更具有哲学、伦理学、社会学、生态学等多方面的理论价值。《品读家乡》正是从游子怀乡的视角，对"乡土"所作出的种种观照，从中析解出现代人怀乡的心路历程。

《品读家乡》由半月谈杂志社、新华出版社联合出版。

《品读家乡》编辑部诚向全国征集稿件，欢迎广大作者加盟，踊跃投稿，作品一经采用，即付稿酬。

联系方式：

微信：PDJX15901047763

邮箱：pindujiaxiang@qq.com

热线：15901047763